AF440146

الخطيئة

رواية

م. ريم بدو البلوشي

اسم الكتاب :	الخطيئــــة - روايــة	
الكاتــــب :	م . ريـم بدو البلوشـي	
الترقيم الدولي :	ردمك 7- 05-785-9948-978:ISBN	
تاريـخ النشـر :	الإصـدار الأول 1445 هـ - 2024 م	
تصميم وإخراج فني :	م . حمزة الدمرداش	
غـلاف الكتــــاب :	لوحة فنية رسمها جورج إميل ليبرت (1820 – 1908)	

جسـور للنشر والتوزيع

📧 : info@jusur.co

📍 : مركز الأعمال، مدينة الشارقة للنشر - المنطقة الحرة، الزاهية، شارع الشيخ محمد بن زايد .

❌ : @jusurpublishing

▣ : 73111 الشارقة، الإمارات العربية المتحدة .

📷 : Jusur_books

📞 : 97167446061+

🌐 : http://jusur.co

حقوق الطبع والنشر محفوظة للمؤلفة والناشر

إن (جسور للنشر) غير مسؤولة عن آراء المؤلف وأفكاره، وتعبر الآراء والأفكار الواردة في هذا الكتاب عن وجهة نظر المؤلف، ولا تعبر بالضرورة عن وجهة نظر الناشر .

المحتويات

الإهداء

إلى جميع أصحاب هذه الأعـين الجميلة والفاتنة، التي وقعت نظراتها على هذه الصفحة وبالأخص إلى أحبائي المسالمين ذوي العقول التي تتسم بالرقي..

مع خالص احترامي..

أتمنى لكم قراءة ممتعة ومشوقة.

ملاحظة

هذه الرواية عبارة عن قصة خيالية وليست لها أي صلة بالواقع، ولكن يوجد بها حدث مرعب (خارج عن الطبيعة) مقتبس من الحقيقة، حدث لشخص على أرض الواقع، يقال بأنه اعترف بما مر به بعد سنوات عديدة من فقدان عقله وتعرضه للجنون لسبب مجهول... (سأترك لفضولكم مهمة استكشاف هذا الحدث المرعب من بين الأحداث، أثناء قراءتكم لهذه الرواية).

اتصال منتصف الليل

ليست لدي أي مقدمات لقصتي ولن أبالغ في تقديم نفسي لكم، ولكن كل ما حدث لي كان حقيقة أُجبِرت أن أعيشها وعشتها من جميع جوانبها المؤذية، لكنني لست الضحية ولست مذنباً لأنني لم أشارك في تلك الجريمة الشنيعة قط، أنا شخص نجوت من لعبة شيطانية لعينة كانت كالقيامة الكارثية، براكينها صاهرة وزلازلها مدمرة، وسماؤها تُمطر بحجارتها الحارقة وسكاكينها تنغرس في جسمي بطعناتها الحادة والدامية.

أعرفكم على نفسي..

اسمي سالم بن إبراهيم، وحيد أمي.. نعم لقبوني بما تحبون فأنا الابن البار بوالدتي، مستعد أن أضع كرامتي تحت قدميها لكي ترضى عني. لا تندهشوا هكذا، أوليست الجنة تحت أقدام الأمهات؟! فلم أجد حنان حضن الأم مثل أحضانها ولم أجد طيبة قلب الأخت مثل قلبها، ولم أجد وقوف الرجال في الشدائد مثل وقوفها، كنت ألازمها كظلها. كنت كالمصابيح أنير ظلامها. كانت صديقة دربي. أمي التي لم تدخل المدرسة علمتني القرآن والآداب الإسلامية، وأن أواظب على صلاتي، وتعلمت أن لا أترك أذكار الصباح والمساء وأجعل القرآن ربيع قلبي ونور صدري وجلاء أحزاني.

لستُ اجتماعياً، أنا شخص متحفظ كثيراً وسيرتي كانت حسنة ولست مراهقا لأنني رجل في منتصف العقد الثالث من العمر. أعزبــــ، فأنا قضيت سـنواتي مع والدتي التي تلح علي لكي أرتبط وأكوّن أسرة، ولكنني أبيت. أعلم ما يدور في أذهان بعضكم وأنكم تتساءلون عن أبي إبراهيم.

والداي انفصلا لسـبب لم تذكره لي أمي ولكني لم أهتم للأسباب، ولا أريد أن أعلم فلم يكن ينتابني الفضول. وفي الآونة الأخيرة ومن مصادر المعـارف علمنا أنا ووالدتي أن أبي إبراهيم كان متزوجا ولكن انفصل عن طليقته لسـبب ما أنا ووالدتي لم نهتم به، ليس لأننا نكره أبي بل لأنه رجل محترم وإذا جمعتنا الأقدار صدفة سنكون أنا ووالدتي ممتنين وسعيدين برؤيته.

و بسبب كبر سـن والدتي وتقدمها في العمر مرضت، لقد أخذتها إلى مستشفيات عديدة ولكن عجز الأطباء عن شفائها. أعراض مرضها كانت الحمى الشديدة والغثيان، الهلوسة والتشنج. وغالباً ما كانت تتقيأ الطعام الذي تأكله، حالتها أحياناً تتحسن وأحياناً تسوء لأسباب مجهولة. مرضها لم يكن معدياً أبداً ولكن أشـعر بأني عاجز، أشعر بأني أتعس إنسان على هذا الكوكب. وفي ليلة من الليالي عندما كنت جالسـاً في منزلي المتواضع على الكنبة، والدتي كانت مسـتلقية بجانبي على سريرها، نائمة. كنت في حالة يأس. كنت أفكر في المستقبل والحلول، الأدوية كان مفعولها ينتهي بسرعة. فكرت أن أبحث لها عن أدوية قوية ومفيدة لكي تسـاعدها على التحسن وفجأة رن هاتفي وقطع حبل أفكاري.

- السلام عليكم ورحمة الله، ألو، من معي؟

- وعليكم السـلام...كيف حالك يا سالم، أنا متأسف لأني أزعجتك في هذا الوقت المتأخر من الليل أنا آسف، أرجو أن تقبل اعتذاري.

- لا بأس لا داعي للتأسـف على العكس تفضل كيف أستطيع أن أخدمك؟...بالمناسبة كيف عرفت اسمي؟ عفوا أيها السيد هل نعرف بعضنا؟.....ألو؟ ألو؟...

- أنا معك...لا أعلم الطريقة التي سوف أبدأ لأصارحك فيها، و لكن يا سالم أريد أن أعترف لك بأمر ما يخصك أنت!!

- ما الذي يحدث؟ تكلم ما هو الأمر الذي يخصني أنا؟

- الشخص الذي يتكلم معك هو أخوك محمد، أنا أعتذر جداً لم أستطع أن أتواصل معك في الوقت المناسب أنا أخوك من الأم الثانية، أخوك من والدك، كنت أود كثيراً أن أتواصل معك منذ وقـت طويل، حاولت كثيراً أن أجد طريقة أتواصل بها معك لأخذ رقمك ونتحدث..... ألو... ألو سالم؟؟

- نعم!!... المعذرة أنا فقط متفاجئ قليلاً... مرت سنوات طويلة جداً لم نر فيها بعضنا، أذكر المرة التي رأيتك فيها كنت في التاسعة من عمرك والآن أصبحت شاباً، قل لي لماذا لم نتواصل كل هذه المدة؟

- ســالم... الإنسان أحياناً يضطر أن يدخل في دوامات من المشاكل ومشاغل الحياة، ومن الطبيعي أن تحدث مثل هذه الأمور في حياتنا كثيراً ولكن مهما حدث بين والدينا فنحن نبقى أخوين.

- طبعاً أنا شــخص متفهم، لا تتأسف ولا تقلق على العكس يشرفني جداً أن أتعرف عليك أكثر واتصالك أسعدني يا أخي محمد.

- حزين بسـبب الأخبار التي وصلتني عــن خالتي والدتك المريضة. لم أستطع زيارتكم لأني مبتعث أدرس البكالوريوس خارج البلاد، كيف حالها الآن طمني؟

- أتمنى من الله لك التوفيق والنجاح الدائم.... والدتي مريضه منذ فترة طويلة، ذهبنا إلى العديد من المستشــفيات ولكن عجز الأطباء أن يجــدوا لها العلاج الدائم، خضعت والدتي للعديد من الفحوصات الشــاملة على أمل أن تتعافى ولكن للأسف الأدوية تجلب لها نفعاً لفـترة محدودة فقط ولأن مفعولها مؤقـت وحالتها تنتكس مرةً أخرى وهذا الشيء الذي جعلني مستغرباً ولكي أكون صريحاً معك، فكرت كثيراً في السـفر لتتلقى العلاج وبإذن الله ستسترجع عافيتها وصحتها مجدداً.

- لا تقلق لكل داء دواء... وأنا يا أخي اتصلت بك لنفس هذا السبب، يجب عليك أن تجرب معها العلاج الأخير قبل أن تتخذ قرار السفر. لا تتــسرع، لن تضطر لدفع مبالغ طائلة أو أخذ قروض أو تتغرب لمدة طويلة وأنت غير ضامن لحالتها في المســتقبل لا ســمح الله،

أنا لدي معرفة بأطباء كبار في السن ومحترفين ولكنهم تقاعدوا منــذ زمن طويل جداً، ولكن لا تقلق أنت اذهب إلى المكان الذي سأدلك عليه وتواصل مع أحد الأطباء المتواجدين وهم سيدلونك على طبيب سابق متخصص بمثل هذه الحالات، فهو ماهر في صنع ترياق قوي جداً سيجعلها تتحسن في وقتٍ قصير..

- نعــم أنت على حق يجب أن أتدارك الأمــر قبل أن يحدث لأمي مكروه... أشكرك كثيراً يا أخي لقد أثلجت صدري، أتمنى أن ترسل لي موقعهم عبر برنامج الواتساب.

- نعم أكيد سأرسل لك في الحال... عليك أن تخرج من منزلك الآن وحالاً، فهذا هو الوقت المناسب للخروجAM12:30 لا تتأخر، اخــرج الآن لكي تطمئن على والدتك وتتصل بي لاحقاً وتخبرني ماذا حدث معك... أتمنى لها الشفاء العاجل...

- جزاك الله خيراً يا محمد، وأتمنى لك التوفيق في حياتك الدراسية... سأعاود الاتصال بك في أقرب وقت... إلى لقاء قريب.

- إلى اللقاء.

بعد أن ودعنا بعضنا، أقفلت الخط وذهبت لأجلس على سرير والدتي أقبّل يدها قائلاً: أعدكِ يا عزيزتي أنكِ ستتحسنين...أقســم لك يا أمي أني أحاول أن أفعل المســتحيلات لكي لا أخسر ابتسامتك الجميلة، اعذريني سأغيب عنك لساعات فقط، أرجو أن تتحملي قليلاً وسأجلب لكي البشارة

ستنتهي آلامك قريباً وستتعافيـــن، لقد وضعت الهاتف الخلوي على الكوميدينة بجانبك وجهزت لك المكان... وإذا حدث مكروه وشعرتِ بـأن آلامكِ قد زادت أرجوكِ لا تترددي ولو دقيقة واحدة في أن تتواصلي مع الجيران، سأعود في أقرب وقت.

والدتي كانت مستلقية على سريرها ولا تستطيع أن تتجاوب معي ولكنها كانت تسمعني واكتفت بهز رأسها بمعنى أنها فهمت. منزلنا يتكون من ملحقين ولكن كنا أنا وأمي في الملحق الذي يتكون من مجلس للضيوف، لكن بسبب ظروف أمي الصحية حولت المجلس إلى غرفة نوم وأيضاً توجد دورة المياه، جمعت المناشف ووضعتهم على أرضية دورة المياه وذلك لتسهيل مشيها ولكي لا تقع على الأرض، وأيضاً وضعت أمامها طاولة قصيرة بجانب سريرها، فيها أنواع مختلفة من الأطعمة والمشروبات، ووضعت لها الأدوية من المهدئات ومسكنات الآلام، وملابسها موجودة في الحقيبة على السجادة الحمراء بجانب طاولة الطعام. قبلت رأسها وسارعت للذهاب. أخذت مفتاح السيارة وهاتفي وأيضاً نسخة من مفتاح الملحق الاحتياطي. أما الأساسي فقد وضعته بجانبها في حال إذا حدث أمر طارئ، فقد تحتاج المفتاح للخروج من المنزل والتواصل مع الجيران، أقفلت باب الملحق بالمفتاح الاحتياطي، ثم انطلقت.. وهنا بدأت رحلتي....

دوامة من الجحيم

أرسل أخي محمد موقعهم وذكر لي اسم المكان ووصفه وصفا دقيقا، ولذلك ليس هناك داع لأستخدم برنامج الgoogle map لأنني تعرفت على المكان المقصود جيداً، لم أستطع أن أطلب من والدتي أن تأتي معي. لن تتحمل هذه المسافات البعيدة لأنها مريضة.... بدون كلل أو تعب بدأت أقود سيارتي في منتصف الليل. كانت الشوارع ليلاً هادئة تماماً وأنوارها خافتة، وكان البدر ساطعا والسماء تتزين بنجومها الساطعة وأيضاً هناك القليل جدا من السيارات في الطريق، وكانت تربط بين أعدادها والوقت علاقة عكسية؛ بمعنى أن أعداد السيارات تقل مع تقدم الوقت. لقد عبرت مسافات طويلة. رأيت الساعة وكانت الثانية وعشرين دقيقة وأنا مازلت أقود سيارتي في الوقت المتأخر من الليل.

كان الطريق طويلاً جداً ولا توجد فيه غير سيارتي، الشارع أصبح فارغاً تماماً من السيارات، والغريب في الأمر أنه لا توجد منعطفات ولا تقاطع طرق، على يميني صحراء وأيضاً على يساري في الشارع الآخر أيضاً صحراء، قدت لمسافات طويلة ولا أعلم كم من الوقت قد استغرقت ولكنني متأكد بأني أستغرقتُ وقتاً طويلاً وأنا أقود، رأيت الساعة، ما زالت الساعة الثانية وعشرين دقيقة صباحاً لم يتغير الوقت، بدأت أتذمر، ضغطت على الفرامل وضاعفت السرعة على أمل الوصول سريعاً ولكن لا فائدة، شعرت وكأن الزمن ثابت والوقت متوقف، شعرت بالتوتر وبدأت أتعرق.

فتحت أزرار ثوبي ومسـحت رأسي بالمنديل وشربت قارورة من الماء التي أخذتها معي لكي أصحصح لم أكترث وأدقق على الأسباب وضعت لنفسي الكثير من الأعذار ربما لأنني لم آكل أو ربما لم أنم منذ يومين لم أغفـل إلا دقائق.. ربما كنت أتوهـم ولكن من يلومني فأنا في حالة يرثى لها، حاولت أن أستجمع تركيزي، وبعد دقائق من التفكير غير المحسوب لاحظت أن هاتفي مغلق وساعة السيارة ثابتة أو قد تكون معطلة، وأيضاً تفقدت مؤشر الوقود وكان ثابتاً، لم ألبث إلا أن لمحت على يميني شيئاً ما يشبه خيالاً أبيض أو دخاناً... هل هو شبح؟ بدأت التساؤلات والوساوس تسيطر على عقلي. لقد أصابني الذعر ولكني ضحكت بسخرية لأنني أدركت بعد ثوانٍ أنه مجرد رجل عادي واقف عـلى الجهة اليمنى من الطريق على الرمال، يالي من ساذج كيف لي أن أفكر بأمور تافهة ليست لها أي صلة بالواقع.. كم أنا مغفل...

كان هذا الرجل يلوح لي بيديه لكي أقف ولكن ما أثار استغرابي هو: كيف أمكن لهذا الرجل أن يقف في منتصف الليل وفي هذه المنطقة الصحراوية النائية، ظننت أن هذا الرجل ربما يحتاج لمساعدة لأن سيارتهُ معطلة ويحتاج أحداً يعاونه، ولكنني ذهلت عندما أدركت أن المكان أو منطقة وقوفه خالية تماماً ولم أر أي أثر لأي سـيارة معطلة، لا توجد أي سيارة من الأساس، كنت أنا الشخص الوحيد الذي يقود سيارته في هذا الشارع... لقد بدأ الخوف يتملكني لم أعط فرصة لهذا الإنسان، وربما لا

يكون إنساناً، لا أعلم ما هو هذا الشيء، مستحيل مهما كان فأنا لست مستعداً للتعامل مع هذا الغريب وخصوصاً في هذا الوقت المظلم، لن أجازف بحياتي من أجل شخص ربما يكون سارقاً أو سفاحاً أو قاتلاً أو قاطع طريق يريد أن يثير الشفقة كي ينتهز الفرصة ليقتلني ويأخذ ما بحوزتي. لن أعطيه مثل هذه الفرصة أبداً، تقدمت عدة مترات عنه أخذت نفساً عميقاً وقلت: وأخيراً.....

شعرت بالطمأنينة ووضعت موسيقى هادئة (Ricordandoti - piero Umiliani) لم يكن الصوت عالياً جعلته خافتاً لكي أسترخي قليلاً، فأنا أحتاج القليل فقط من الراحة والاستجمام.. لا أريد أن أركز إلا على وظيفتي الحالية وهي الذهاب إلى المنطقة التي وصفها لي أخي محمد، وأتواصل مع الأطباء هناك وأجد علاجاً لهذا المرض. لم أتذمر ولم أمل بل بالعكس والدتي لها فضل كبير علي وواجب علي كابنها الوحيد أن أقف بجانبها وأقدم لها الدعم. سوف أفعل المستحيل لو كلف هءء......توسعت عيني فجأة.. أصابني الذهول من الشيء الذي رأيته، وبدأ قلبي يخفق بشدة. تفاجأت لأنني مجدداً رأيت ذاك اللعين واقفاً، وبدأ السيناريو يتكرر مجدداً. أقفلت الموسيقى ورأيت ساعة السيارة لعل الوقت قد تقدم أو تغير، ولكن ما زالت الساعة ثابتة. أخذت هاتفي بيدي وحاولت أن أفتحه ولكن لا فائدة من محاولاتي، تمالكت أعصابي لأني كنت متعباً.

بــدأت أتحدث مع نفسي بصوت عالٍ كالمجنــون: تباً لك أيها المغفل كيف لي أن أثق بكلامك، أنا لا أفهم شيئاً هل أضعت الطريق أم أنا الذي جننت؟؟؟ ولماذا لمِ يتغــير الوقت؟! من المفترض أن يــؤذّن الفجر الآن، ولكن الوقت ما زال ليلاً، اللعنة!!!

رميت هاتفي وبدأت أسرع وابتعدت كثيراً، ولكن تكررت الحادثة مجدداً ورأيت نفس الرجل واقفاً بنفس الطريقة الســابقة، لقد جن جنوني، اختلطت مشاعر التوتر والقلق والعصبية داخلي، واعتصرني الخوف من أكتافي فلم أعد أتحمل، أخذت نفســاً عميقاً؛ شهيقاً وزفيراً. أدركت أن ليس من القدر مهرب، ولا نهاية لهذا الكابوس. شعرت وكأنني عالق وسط دوامة من الجحيم فلا أستطيع أن أنجو من هذا العذاب ولا أن أغرق به، ليس لدي حل آخر غير أن أواجه واقعي المر.

لقاء الغريب

بعــد أن تقدمت وابتعدت عن هذا الغريب بعدة كيلو مترات للمرة الخامسة مدركاً أنني سألتقي به للمرة السادسة، فخفضت السرعة قليلاً وبـدأت أميل إلى جهة اليمين وأنا أقترب وأتقدم من هذا الغريب، حتى اتضـح لي أنه كهل عجوز، هيئته غريبة جداً، لم أرَ مثله في حياتي قط. كانت بشرته مائلة إلى اللون الرمادي، عينه زرقاء أقرب ما يكون إلى عين التماسيح، شعر رأسه طويل يصل إلى ظهره بطريقة غريبة ولحيته طويلة تصـل إلى معدته تقريباً، وكانت لحيته بيضاء ولون شـعره أبيض، ملامح وجهه كانت شـيطانية شـاحبة وبـاردة، تملأها التجاعيد بشكل مفرط، طويل القامة، يلبس عمامة بشـكل غير مرتب وثوباً أبيض، لكنه متسخ، وأطراف الكم كانت ممزقة قليلاً.

لن أنكر حقيقتي فأنا الآن في موقف لا أُحسـد عليه، دقات قلبي لم تتوقف من الخوف.. تمالكت أعصابي لأني لا أريد أن أُظهر له أنني خائف، حاولت جاهداً أن أتصرف بشكل طبيعي أمام هذا المخلوق الغريب.. لا أريد أن ألفت انتباهه وأُشعره بأني خائف.

ركنت سيارتي وفتحت له الباب من الداخل.. ابتسمت له ابتسامة مصطنعة وخلف هذه الابتسامة كانت شفتاي ترتجفان رجفة بسيطة، استسلمت للأمر الواقع، فالمكتوب محتوم. اقترب مني وقال: السلام عليكم يا ابني طاب مساؤك؟

- وعليكم السلام أهلا بك

- يا ابني أنا رجل كبير في العمر لا حول لي ولا قوة، ورجلي لم تعد تحملني وأنا أعُدّك أحداً من أبنائي، هل لك بأن تساعدني للوصول إلى بيتي المتواضع، فهو قريب من هذه المنطقة؟

للأمانه عندما شاهدته يتكلم بضعف وبطريقة مثيرة للشفقة رحمته قليلاً وتعاطفت معه في البداية، ولكن يوجد شيء ما في داخلي يقول لي اهـرب ليس من صالحك أن تواجهه شيء أنت لن تسـتطيع أن تنجو منه لن تتحمل العواقب والنتائج الوخيمة، ومع ذلك كابرت الخوف وإحساسي الداخلي، رحبت به قائلاً:

- طبعاً يا عم تفضل طبعاً، أهلاً وسهلاً.

تقدم العجوز الغريب إلى الداخل وجلس على الكرسي ولكني تضايقت من رائحته النتنة. كانت رائحته غريبـة، كانت تقريباً كرائحة الجثث. تمالكت نفسي وفتحت النوافذ، وقبل أن أقود سيارتي بحذر في هذا الطريق الغريب والطويل الذي ليس به أي مخارج قلت له بهدوء: يا عم كيف لي أن أوصلك إلى منزلك فكما ترى هنا فالطريق أمامنا لا يوجد به أي تقاطع أو منعطف طريق نحن تقريباً في وسط صحراء قاحلة.

التفت ناحيتي وابتسـم ابتسامة ساخرة وقال: ربما هذه المرة الأولى التي تقود بها في هذا المكان... انظر أمامك يا فتى...

وعندما التفت نحو الأمام ابتلعت لعابي وتوسعت حدقة عيني، نظرت أمامي متعجباً ومذهولاً كيف تبدل حال الشارع في سرعة البرق. لقد مرت فترات طويلة وأنا أقود سيارتي ولم أر إلّا طريقاً مسافته طويلة فقط، والآن أرى أمامي جبالاً وقرية قديمة مظلمة ومهجورة وصحارى وتقاطع طريق.... الطريق الأيمن يقودني إلى منطقة جبلية، وبالنسبة إلى الطريق الأيسر فهو يقودني إلى هذه القرية، وكانت القرية لم يسكن فيها أحد خالية من الناس مظلمة مهجورة. أما الطريق الذي أمامنا فكانت هناك بحيرة راكدة. لماذا لم أر هذه المناطق من قبل!!

التفت إلى العجوز ورأيته لم يحرك رأسه ونظراته عني، ما زال محدقاً بي مبتسماً وصامتاً.

- و الآن أي طريق أسلك؟

- إلى جهة اليمين (وأشار بإصبعه إلى منطقة الجبال) هناك يقع بيتي.

- أبشر...

دخلنا وسط منطقة مظلمة جداً لا ينير فيها سوى نور القمر ونور كشافات السيارة فقط، متجهين إلى طريق بين جبلين ضخمين جداً لأول مرة في حياتي أرى مثل ضخامة هذه الجبال، وكأن قممها تصل إلى ما فوق السحاب إلى الدرجة السابعة والأخيرة من السماء.. قممها عالية وشامخة، المنطقه كانت مخيفه جداً وسط الظلام، لأول مرة أرى هذا المكان في حياتي. لم آتِ إلى هذا المكان سابقاً. أشعر كأنني في عالم آخر ليس عالمي.

- ما اسمك؟

- اسمي سالم

- أسمٌ جميل يا سالم....أرى أنك فتىً بارٌّ بأهلك.

- شكراً لك.

- البركة فيك يا بُني، ولكن بالنسـبة لي، كان لديّ ثلاثة أولاد، تزوجوا جميعهم وأصبح لديهم أطفال، للأسف أولادي لم أرهم منذ فترة طويلة جداً، لم يسأل أحد منهم عني ولم أستطع التعرف على أحفادي. أما زوجتي فقد توفيت منذ زمن طويل جداً.

- (قلت له بتعجب): وهل تسكن لوحدك !!؟

- القدر مكتوب ومحتوم يا سالم... نعم لدي كوخ بسيط مقابل مزرعة بسيطة أعتني بها وأقتات من ثمراتها لكي أعيش.

- كان الله في عونك.

- لقد تقدمت في العمر ولم أعد أقوى على العمل في مزرعتي الخاصة، وقبل فترة أصبت بمرض وأعراض هذا المرض هو الحمى الشديدة والغثيان، وغالباً ما أتقيؤ الطعام الذي آكله لدرجة أني فقدت شـهيتي للطعام، لكني استعدت عافيتي بسرعة مجدداً، الوحدة والغربة عن العائلة علمتني أن أصنع بعض الأدوية بنفسي...

اعتدت أن أصنعها بطريقة بدائية مثل أجدادنا... هنالك بعض الأعشاب الطبيعية وبذور النباتات التي استخدمتها لصنع هذا الترياق...

التفت إليه وأنا أقود، ثم نظرت إلى الأمام وقلت له بصوت حماسي رافعاً حاجبي: حقاً؟!!!

قال بتعجب وهو يتصنع الاهتمام: لا تقل لي بأنك مصاب بهذا المرض!! هذا المرض الخبيث اللعين مميت بنسبة كبيرة... الكثير من الناس ماتوا بسبب هذا المرض، أنا الوحيد من يتقن صنع هذا الترياق لقد جربته على نفسي واستعدت عافيتي مجدداً.

- لا لست أنا المريض بل عائلتي.

قال لي وهو ما زال مبتسماً: ولهذا السبب يجب عليك أن تذهب بهذا الدواء إلى والدتك، هي في أمس الحاجة لأن تسترجع عافيتها وفي أقرب وقت، اهتم بها لأنك وحيدها.

اقشعر جسدي من ردة فعله وكلامه لي وقلت له بصوت مرتجف: أنا لم أقل لك عن والدتي، وكيف عرفت أني وحيدها!؟

- أنا.. فقط... لأنني رأيتك وحدك، لقد كانَ تخميناً لا أكثر... لا تكترث بتخميني...

طبعا كلامه لم يستوعبه عقلي فبقيت صامتاً ثم أضاف على كلامه بأن علي أن لا أخاف وكأنه يقرأ أفكاري ويعلم ما يدور في عقلي ويعلم بأنني خائف، نظرات هذا العجوز غير مريحة أبداً ونظرات عيناه كانت مخيفة وكأن الذي جالس بجانبي شيطان.

- توقف يا سالم...هنا تحت هذه الشجرة.

توقفنا تحت شجرة عملاقة ميتة لديها الكثير من الأغصان الكثيفة والطويلة، العريضة، الحادة، شجرة من كثافتها المخيفة تظن أنها شجرة مزروعة من بذور جحيم، ولكي أجعل تلك الصورة المخيفة واضحة أمام مخيلتكم وصفها كوصف أشجار الزقوم.

أقفلت سيارتي تحتها وبدأنا نمشي متقدمين عدة أمتار إلى الأمام مبتعدين عن تلك الشجرة المخيفة ولكن دخلنا في منطقه أشد ظلمة مما قبلها، تقريباً أكاد أرى كوخاً بعيداً قليلاً عنا ومقابله كانت الكارثة غير المتوقعة. لم تكن مزرعة كما ادعى هذا العجوز بل كانت مقابر متناثرة بشكل عشوائي أمام الكوخ، ولم يكتف القدر من مفاجأته عند هذا الحد، عندما كنا نمشي في طريقنا لأوصل هذا العجوز وطمعي الشديد بالدواء حتى إنني لم أهتم لاسمه، ولكن ساقتني الأقدار إلى أن ألتقي به بهذه الطريقة البشعة، استجمعت قواي لفتره قصيرة من الزمن إلى أن لفت انتباهي ضوء فانوس ينبعث من نافذة الكوخ، وظل أسود طويل ثم

اختفى هذا الظل فجأة وقبل أن أنهار من الخوف توقفت عند هذا الحـد وقلت لهذا الرجل العجوز: لقد أديت واجبي معك وأوصلتك، إلى هنا وانتهت مهمتي والآن اسـمح لي بالذهاب، فأنا على عجلة من أمري ولدي التزامات مهمة.

قاطعنـي الغريب وقال: إلى أين يا عزيزي في هذا الوقت المتأخر من الليل، اسـمح لي أن أستضيفك الليلة في بيتي المتواضع، وتذكر أن الترياق الذي تحتاجه معي.

- سوف تسـتعيد عافيتها بإذن الله ولكن ليس بهذه الطريقة... فالأطباء أدرى بصحة المرضى.

- اسأل المجرب ولا تسأل طبيباً يا سالم.

ضحك وهو يمسـح على لحيته بيديه وكأنه يتحداني بأنه على صواب وأنا المخطئ. كانت ثقته في نفسـه مقلقة جداً. كنت أريد الانسحاب للذهاب والعودة إلى سـيارتي ولكن ما رأيته جعلني صامتاً ومتسمراً في مكاني.

- لا مستحيل!!!

- ماذا بك؟

- (سالم يصيح بغضب): لم نأخذ أكثر من ثلاث دقائق والآن أرى أننا بعيدان عن السيارة بمسافة بعيدة جداً... من أنت أيها الدخيل... تباً لك ماذا تريد مني أيها الغريب!!؟؟ دعني وشأني

- (صرخ العجوز غاضباً): هدئ من روعك يا سالم!! هل جننت!! ماذا دهاك يا بني؟...

(ثم قال العجوز بهدوء): اهدأ...أنا أعذرك لأنك قطعت مسافة بعيدة وأوصلتني إلى هنا وأنا مدين لك لأنك صنعت لي معروفاً وأعذرك عن كلماتك اللئيمة لي. ولأنك متعب ومن شدة التعب لم تشعر أو تستوعب بأننا مشينا لمسافات طويلة والآن نحن قريبان جدا من منزلي.

- ولكن كيف مستحيل نحنُ لم.....

- قطعنا مسافة طويلة يا سالم وليس هناك مجال للرجوع لن أجبرك ولكن دعني أقل لك شيئاً، طريق الرجوع وفي هذا الوقت المتأخر من الليل صعب جداً لن ترى أمامك بسبب الظلام قد تتوه وهناك الكثير من الثعابين والعقارب ستلدغك والخيار يعود إليك، إما أن تأتي معي أو تتحمل العواقب الوخيمة... يا سالم ظننت بأننا لم نمش إلا دقائق قليلة ومسافات قصيرة لأنك متعب ومرهق... لا بأس تعال إلى منزلي استرح، وخذ قسطاً من الراحة وبعدها من أصبح أفلح.

تقريبا بدأت أقتنع بكلامه ليس لأنني مُخير بل مجبور وليس لي أي مهرب. شعرت وكأنني مقيد من يديّ ورجليّ. ليست هناك طريقة أخرى لكي أنجو وأنا مدرك بشــدة أنني في عالم غير عالمي ولكن تمالكت نفسي وحاولت أن أتصرف بشكل طبيعي.

ليست هناك كلمات أستطيع من خلالها أن أجعلكم تستشعرون ما أُجبرت أن أتذوقه من الخوف الشديد، أصابع يدي ورجلي متجمدة ورأسي يتصبب عرقاً وقلبي لم يتوقف عن الخفقان من التوتر. مشــينا أنا وهذا الكائن البائس حتى وصلنا في ثوان معدودة عند عتبة باب الكوخ.

وهنا بدأ كل شيء..

أُضْحية!!

فتح لي هذا العجوز بـاب كوخه المتهالك بعصاه الخشـبي وقال لي بصوته الخبيث وهو منحني الظهر: أهلاً بك تفضل لقد زارتنا البركة.

أشار لي بذراعه بحركة الترحيب. دخلت وليتنتي لم أدخل. رائحة الكوخ كانت كالمذبحة وشِباك العناكب كانت ملتصقة في كل زاوية، ناهيكم عن الأغبرة الكثيفة وكأن المكان مهجور من سـنوات بعيدة جداً ولم يدخله أحد قط. الكوخ عبارة عن مكان مظلم وبارد جداً. السقف بنيته ضعيفة، وفي أي لحظة قد يسـقط فوق رأسي، وهناك طاولة قديمة وكرسي خشـبي مأكول الأطراف وعدد من الكؤوس غريبة الشكل عليها نقوش وكلمات وأحرف لم أر مثلها من قبل، كانت موضوعة على الطاولة، الأرض كانت مبللة لأني عندما أتقدم بخطـواتي كان حذائي في كل مرة يرتطم بسطح مبلل، مشى العجوز وتقدم نحو الفانوس المعلق على طرف عامود خشبي مائل. وبعد أن اتضحت الرؤية قليلاً، أدركت أني كنت أمشي على دم لزج شبه متجلط!

ارتعبت من المظهر. قلت بصوت مرتجف ومفزوع: سلامٌ قولاً من ربٍ رحيم... الأرضية عبارة عن بركة من الدماء يوجد قتيل هنا، اسـمع علينا الخروج من هذا المكان بسرعة.

كان العجوز مبتسـماً ابتسامة ساخرة، ونظراته لي كانت باردة: نعم يوجد قتيل هنا بلا شك، إذ من أين ستأتي هذه الدماء...

(ضحك ثم قال): فعلاً يا سالم أنت فتىً مضحك... اسمع يا بني أنا مجرد رجل كبير في العمر ليس لي القدرة على القتل لأن قواي ضعفت مع تقدمي في العمر، انظر أمامك لتتأكد من أنني لم أقتل بشراً...

عندما رفعت رأسي قليلاً ذهلت لأني رأيت جثة ثور ضخم ملقى على الأرض بدون رأس.

قال العجوز: كما ترى أمامك هذه عبارة عن أضحية تكرمت وضحيت بها لأجل زواج ابنة أخي في قريتنا وهذه الليلة هى ليلة زواجها، وبدلاً من التذمر تعال اخرج معنا وشاركنا فرحتنا، سوف أعرفك على أهل قريتي هم طيبون كثيراً سيسعدون بلقائك هنا وبيننا، أنت اليوم ضيفي وأخيراً هذا هو الوقت المناسب لقدومك إلى هنا...

تساؤلات كثيرة وشكوك تربط أفكاري بسبب جملة (وأخيراً هذا هو الوقت المناسب)... قاطع العجوز حبل أفكاري وهو ينظر إليّ وكأنه يعلم ما يدور في ذهني.. ياله من دجال محتال!

العجوز وهو مبتسم ابتسامة نصر وكبرياء: سالم هيا لنأخذ هذه الأضحية ونذهب، وأعدك بعد هذه الليلة بأني سأساعدك لتعود إلى منزلك. أنا أعرف الطريق جيدا مثلما أعرف اسمي.

بعد دقائق ليست طويلة من المناقشات أدركت أنه ليس لي لا مهرب ولا منجى من هذا المكان الملعون، بدأنا نسمع أصوات حشود في الخارج؛

رجال وأطفال يلعبون ونساء... أصواتهم تتعالى، ابتسم العجوز ابتسامة عريضة بكل حماس، وقال: هيا بسرعة بسرعة الاحتفال بدأ الآن.

كنت على وشك أن أساعده وأحمل تلك الأضحية الثقيلة إلى الخارج ولكــن بحركة غير متوقعة منه لم تخطر على بالي مشى بطريقة سريعة وغريبة جداً، سرعته مخيفة لا يستطيع الإنسان العادي إدراكها، سرعته كانت كسرعة الشهاب التي ترجم الشياطين في السماء، حمل تلك الجثة بخفة وكأنه يحمل وسادة من الريش، وقــال لي وهو مبتسم ابتسامة شيطانية خبيثة بأسنانه الحادة التي لاحظتها لأول مرة وصوته الذي أصبح مخيفاً: أنتظرك في الخارج.

وفجــأة ابيضت عيناه وخرج من الكوخ وانطفأ نور الفانوس المعلق على العامود المائل من تلقاء نفســه وعم الظلام مجدداً وأنا في حالة ذهول حتى إنني لم أستطع أن أتفوه بكلمة واحدة لأسأله.

خرجت من الكوخ كالضائع لا أعلم أين سأذهب سوى أن أتبع مصدر أصوات أهل القرية. رأيت المقبرة أمام الكوخ وقد أنكر العجوز كذبا أنها مقبرة وادعى أنها مزرعة. تقدمت بخطواتي ورأيت أعدادًا كثيرة من النســاء يرتدين عباءات سوداء، كانت أشكالهن مخيفة ورأيت ظلالا سوداء كثيرة من حولي وأصوات الطبول كانت تقرع بصوت مخيف جداً وسمعت صراخ أناس وكأنهم يتعذبون..

وأنا في هذا المكان لم أعد أشعر بأطراف يدي ورجلي لأنني بدأت أصاب بالدوار الشديد وبدأت أرى بشكل مشوش. كان الناس يأكلون لحوماً نيئة. بدأت أحك عيني وأذني جيداً لكي أركز على ما يفعلونه ظناً مني بأنني أتوهم، كنت أسمع صدى أصوات غريبة والطنين المزعج ما زال عالقاً في أذني فجأة ظهر أمامي هذا الدجال مبتسماً بخبث. مد يده لي وهو حامل كأسا مملوءة بالدم وقال اشرب، كان هذا آخر ما شاهدته وسمعته قبل أن أفقد الوعي.

حديث الماضي

بعد شروق الشمس بساعات في كبد النهار ومن قلب السماء وأصوات أجنحة الحمامات ترفرف فوقي، كانت الشمس عمودية وحامية جداً، من الطبيعي أن تكون درجات الحرارة متفاوتة لأننا حالياً في فصل الصيف... جميع تلك الأفكار كانت تتغلغل في رأسي، وفي أقل من الثانية شعرت بالجفاف والعطش الشديد بدأت أحاول فتح عيني بصعوبة لكي أستفيق لكن التعب والألم الجسدي مسيطران علي... استجمعت كل قواي ولأول مره خطر في بالي أن أقول تلك المقولة.. تعجبت من سبب عدم وجودها في ذهني طوال الأمس وقلت بصوت مسموع قليلا « أنا الذي لا حيلة له يا رب فدبر لي أمري... اللهم قوني بك إنك على كل شيء قدير»... فتحت عيني بصعوبة بسبب آشعة الشمس القوية والحامية التي ضربت رأسي، جلست على ركبتي وثوبي كان متسخاً بالأتربة، مسحت عرق جبيني بيدي وأنا متعب، جلست لمدة لا تقل عن الدقيقتين، وأنا ألتفت يميناً ويساراً لم أجد ذاك الرجل العجوز ولم أجد الكوخ ولم أجد المقابر المبعثرة التي ادّعى أنها مزرعة، ولم أجد الناس ولا الجبال ولا حتى الشجرة التي وقفت بسيارتي تحتها، إنما وجدت نفسي وحيدًا وسط صحراء قاحلة لاحظت أني أوقفت سيارتي على مسافة بعيدة، على الرغم من التعب والعطش الذي أشعر به إلاّ أني أجبرت نفسي على المشي مسافة طويلة حتى وصلت إلى سيارتي وأنا منهك كثيراً.

ركبت ســيارتي وأخذت هاتفي لكي أرى الساعه كانت الساعة الثانية عشرة وخمسين دقيقة، أمسكت هاتفي المحمول بيدي ولكن الغريب في الأمر أن هاتفي لم يكن مغلقا وشاحن الهاتف كان 100% رأيت اتصالات تفوق الثلاثين مرة من والدي. ذهلت من اتصالات والدي الغريبة. ولأول مرة من سنوات طويلة لم يتصل بي.

سالم (يكلم نفسة): أبي!!..... يا للعجب... لم يتصل بي منذ سنوات... ما الذي يحدث يا ترى!!!

سالم (بصوت متعب): ألو السلام عليك يا أبي.

إبراهيم: أهلا بك يا سالم كيف حالك؟ أتمنى أن تكون بخير...على أي حال أرجو منك العودة إلى المنزل حالاً والدتك ساءت حالتها...

سالم: أبي أنا.....

إبراهيم: ليس هناك مجال للمناقشــة الآن، فأنا الآن جالس في منزلك وفي انتظارك.

سالم بخوف: ماذا حدث لأمي؟

إبراهيم: اتصل الجيران وقالوا لي بأنهم وجدوها مغشــياً عليها عند عتبة منزلهم ، واتصلوا بالإسعاف ثم اتصلوا بك ولكنك لم ترد على اتصالاتهم، فاضطروا أن يتواصلوا معي والآن والدتك في المشــفى وأخوك محمد معها... تعال ولا تتأخر سأكون في انتظارك لكي نذهب إليها معاً.... سالم انتبه لنفسك.

وبعدها أقفل الخط في وجهي ولم يعطني أي فرصة للكلام. وبعد ثلاث محاولات لتشغيل سيارتي بالمفتاح، أخيرا بدأت تعمل وتبين لي أنني دخلت منطقة رملية بعد أن قدت بمسافة أمتار عن الشارع الرئيسي.

وأخيراً وصلت إلى المنزل. دخلت وفتحت الباب الرئيسي لملحقي.. والدي كان جالساً على الأريكة التي في الصالون، وعندما رآني دخلت وقف لكي يستقبلني، كانت نظراته لي غريبة جداً وغامضة. حاولت أن أفهمها ولكني لم أستطع؛ هل كانت نظراته لي نظرة شفقة؟ أم عتب؟ أم كانت نظراته تدل على تأنيب الضمير لأننا لم نتقابل منذ فترة طويلة أم لأنني دخلت المنزل بمنظري الغريب وملابسي المتسخة؟

عم الصمت لمدة دقيقة تقريباً، ونحن ننظر إلى بعضنا باستغراب... بادرت بالسلام وقبّلت رأسه، ثم قال لي أبي إبراهيم : اذهب لتستحم وتغير ملابسك وأنا سوف أنتظرك في السيارة، أنا سأقود..

قلت له: حسناً.. أمهلني دقائق فقط...

ركبنا السيارة وجلست بجانب والدي، وطول تلك المسافة التي يقود بها والدي كان الصمت يعم بيننا، لم يتحدث أحدنا مع الآخر، الغريب في الأمر أنه لم يسألني عن ملابسي المتسخة ووجهي الشاحب.. ولم يسألني أين كنت ولا حتى عن حالتي.. لم يخامره فضول حتى! وأنا لم أتجرأ على سؤاله.

لا أعلم ما السبب ربما لأنني خائف من أن أواجهه ولا أعلم ماذا ستكون ردة فعله.. وأنا أفكر بهذه الأمور وصلنا إلى المشفى وتوقفنا في موقف السيارات ثم دخلنا......

في أحد الأقسام في المشفى قابلنا أنا ووالدي الدكتور، وخلفه بعدة أقدام كان أخي محمد جالساً على الكرسي، فلم أنتبه لوجوده، كنا واقفين أمام غرفة والدتي.

سالم: يا دكتور قل لنا كيف حال المريضة؟

الدكتور: أطمئنك يا سالم والدتك الآن تستريح في غرفتها وهي بحال أفضل عن السابق، ولكن يجب أن أقول لكما بأن حالتها الصحية غير ثابتة؛ ولهذا السبب عليها أن تبقى تحت ملاحظة الأطباء على الأقل ليومين، سنجري لها تحاليل شاملة وبعدها سنصف لها بعض الأدوية المطلوبة، وإن شاء الله ستستعيد عافيتها.

إبراهيم (بقلق): ألا يوجد دواء شافٍ من هذه العلة لأم ابني يا دكتور ؟؟

الدكتور (وضع يده على كتف إبراهيم) وقال: ادعوا لها بالشفاء العاجل، ربما هناك أسباب أخرى تجعلها بهذه الحالة لفترات طويلة، فالأسباب النفسية تسبب أمراضاً عضوية، سأعرضها أيضاً بعد فترة قصيرة للعلاج النفسي. من الضروري أن نفهم نفسية وصحة المريض لأنها من أولوياتنا، والآن أنا أستأذنكم يا أبا محمد وسالم.. سأتواصل معكما قريباً

إن شاء الله لأطمئنكما عن الوالدة.

سالم ووالده: شكراً لك، مع السلامة.

قام محمد من الكرسي، ومد يده للسلام وقال وهو متحمس ومبتهج لرؤيتي: سالم أخي...كيف حالك لم أرك منذ زمن لقد اشتقت إليك...

لم تستمر تلك الابتسامة التي تملأ شفتي محمد لأنها تغيرت في غضون ثوانٍ من الشوق والحماس إلى الإحراج والإحباط، بسبب عدم ردي للسلام عليه. كنت غاضباً منه، قلت له: ألا تخجل من نفسك؟! لماذا كذبت علي؟ اتصلت بي ليلة البارحة لتخبرني بأنك لم تزر والدتي لأنك مبتعث خارج الدولة لتكمل دراستك، وأرسلت لي موقعاً كاذباً لأطباء متخصصين في معالجة مثل هذه الأمراض... يا كاذب!!! ألا تخجل من أن تكذب على أخيك الأكبر...

محمد: ماذا؟؟! هل جننت يا سالم ؟!... نحن لم نحادث بعضنا منذ زمن طويل جداً ولم أتصل بك!! يبدو أنك أصبت بالجنون!!

إبراهيم (غاضباً): توقفا أنتما الاثنان عن الشجار، أنسيتما أنكما في المشفى!! احترموا وجودي أمامكم أيها الأغبياء... سالم قل لي ما الذي حدث بينك أنت ومحمد.

محمد: اسمع يا سالم سأوضح لك الأمر، بعد أن تخرجت من الثانوية التحقت بالقوات العسكرية، لم أسافر، ولم أكمل دراستي ولم أتصل بك أبداً كما ادعيت أنت...

سالم: أبي أقسم لك بأنني لست مجنوناً... لدي دليل يثبت أنه تحدث معي على الهاتف ليلة أمس.

أخرجت هاتفي النقال من جيبي لكي أثبت بأني على حق ولكن تفاجأت عندما دخلت برنامج الواتساب بأنني لم أجد محادثاتنا ولم أجد رقمه في قائمة المتصل الأخير في الهاتف، وفعلاً لا يوجد أي دليل يثبت أنه تواصل معي.

سالم: ولكن كيف...أبي أنا؟

إبراهيم (مشفقاً على حال ابنه): سالم يا بني أنت لم تنم منذ البارحة، أرجوك يجب عليك أن تأخذ قسطاً من الراحة، صدقني أنت الآن متعب وغير مدرك لما تقوله.. سآخذك إلى منزلك الآن، وغداً ستأتي إلى هنا.

سالم (الذي يشعر بالضيق والتوتر والتعب والإرهاق بسبب ما حدث له ولكنه استطاع أن يخفي ما كان يشعر به ببراعة): نعم نعم نعم يا أبي أنت على حق لم أنم منذ البارحة، أحتاج أن أرتاح الآن ولكن لا أستطيع الرجوع إلى المنزل الآن؛ فاسمح لي أن أنام عند والدتي لأن المسافة بين المنزل والمشفى تقريباً ساعة وأنا منهك لا أستطيع أن أفتح عيني من شدة التعب، أراكم في الغد. تصبحون على خير...

إبراهيم: حسناً إذاً، سأحضر بعض من ملابسك وبعض مستلزماتك الشخصية غداً، ومحمد أيضاً سيأتي مع والدته للزيارة، أتمنى لك نوماً هنيئاً.

و بعد أن ودعت أبي وأخي، دخلت إلى الغرفة، اقتربت منها وقلت لها بهدوء: أمي هل أنت بخير؟

قالت وهي مستلقية على السرير، ممسكة بيدي بكل قوة وحذر: سالم يا بني، أنا بخير ولكن أرجوك لا تفكر في الذهاب إليهم، هم سيأخذونك مني إلى الأبد... سيقتلونك!

سالم: من هم يا أمي؟

أم سالم: هم... لن أفكر أن أعيش ثانية من عمري إذا أخذوك يا ابني...

سالم: لا تقلقي يا والدتي، أنا بجانبك. لن أذهب إلى أي مكان، أعدك بهذا... استريحي الآن.

ههه وكالعادة إنها ليست المرة الأولى، لقد اعتدت على هذا الوضع، فوالدتي أحياناً تهلوس وتقول أشياء غير مفهومة، ولكن سرعان ما تعود لحالتها الطبيعية، لا تتذكر ما قالته وأنا لا أسألها عن سبب تصرفاتها الغريبة لكي لا أجعلها تقلق. وبعد أن نامت والدتي، كنت أتثاءب من التعب، وبعد حلول الليل لم أنتظر أكثر لأنني ذهبت لأنام على السرير المرافق الذي كان بجانب سرير والدتي، بمجرد أن استلقيت على السرير وأغمضت عيني حتى نمت بعمق شديد.

لكن و أثناء هذا الهدوء، فتحت عيني لأني استيقظت ورأيت والدتي جالسة تحدق بي بشكل غريب. حاولت أن أناديها ولكن صوتي لم يخرج... حاولت أن أحرك أصابع يدي أو أحرك رجلي فلم أستطيع لأني فقدت قدرتي على الحراك.

أم سالم بصوتها الحاد: سالم ...سالم أكمل الشيء الذي بدأته وإلا ستموتون جميعكم، وأنت من سيموت أولاً....!

قامت والدتي من على سريرها بحذر وهدوء وعيناها لم ترفان لثانية واحدة، وهي ما زالت تتمتم بهذه الكلمات الغريبة حتى أتت ووقفت عند رأسي، ووضعت كلتا يديها على رقبتي وبدأت تخنقني، لم أستطع الحراك لمقاومتها لأن حركتي قد شلت، شعرت وكأن اليدين اللتان تقومان بخنقي يدان ضخمتان ليستا كيدي أمي اللتين اعتدت عليهما، فكأن في راحة يدها دبابيس حارقة تنغرس في جسدي، كنت أشعر بالألم والاختناق، حتى جاءت اللحظة التي قفزت فيها من مكاني لأفتح عيني. بدأت آخذ نفساً عميقاً، كنت متعرقاً وأتنفس بسرعة شديدة، قلبي يكاد يخرج من جسدي من شدة الخوف، الغرفة كانت معتمة باردة وهادئة، أسرعت إلى مفتاح اللوحة الكهربائية وأشعلت الأضواء، رأيت والدتي كما هي نائمة بعمق وسلام. لم تتحرك أبداً والوضع كان طبيعياً، رأيت الساعة كانت 3:55 فجراً....

ذهبت إلى دورة المياه التي في نفس غرفتنا. غسلت وجهي بماء بارد وبدأت أتأمل ملامح وجهي في المرآة.. كان وجهي متعباً وشاحباً، تذكرت كل اللحظات الصعبة التي حدثت لي مؤخراً، حاولت أن أضع لي أعذاراً ربما كوابيس تراودني وأحلام مزعجة بسبب الإرهاق أو التفكير لعلاج أمي.. حاولت أن أضع مبررات ولكن جميع أعذاري ومبرراتي لا علاقة لها بما حدث لي. مرت الدقائق وأنا أفكر حتى سمعت صوت الأذان. توضأت وخرجت من دورة المياه، جلست على طرف سرير والدتي أفكر بالشيء الذي حدث معي.. هل كان حلماً أم واقعاً، التفت إلى أمي كانت نائمة كالملاك ولم تستيقظ. أعتقد أن ما حدث لي يقال عنه بأنهُ جاثوم... وبعدما صليت الفجر وقفت أمام النافذة أشاهد وأتأمل شروق الشمس. كان المنظر جميلاً جداً ساحراً للعيون وخلاباً.. وأنا أستمتع بشاهدة هذه اللوحة الفنية الطبيعية من صنع البديع الخالق رأيت سرباً من الطيور تتراقص بخفة في السماء. ابتسمت وسرحت....فجأة رن هاتفي وكان على الوضع الهزاز، أخرجته بسرعة من جيبي تنهدت قليلاً... إنه والدي....

إبراهيم: السلام عليكم وصباح الخير

سالم: وعليكم السلام صباح النور

إبراهيم (يتكلم بطريقة غريبة): أحضرت لك ملابسك ووضعتهم في حقيبتك الخاصة... هل أنت ووالدتك بخير؟

سالم: نعم أنا بخير و هي ما زالت نائمة...

إبراهيم: الحمد لله... أممم حسناً أنا فقط أردت الاطمئنان عليك، هل أنت متأكد بأنك بخير؟ قل لي يا سالم ألم يحدث لك شيء ليلة البارحة؟

سالم: ماذا تقول يا أبي؟! ماذا تقصد؟!

إبراهيم (بتوتر): لا لا، أنا لم أقصد... أنت قلت لي بأنك متعب البارحة فقط وأنا أردت أن أطمئن فقط....

سالم: الحمد لله أشعر بالنشاط لأنني نمت جيداً شكراً لسؤالك عني. وبعدما أقفلنا الخط... استفاقت أمي، ذهبت إليها.

سالم: صباح الخير.

أم سالم: صباح النور.

سالم: بماذا تشعرين الآن؟؟

أم سالم: أشعر بتحسن.

استدعيت الممرضة لكي تبقى معها وتساعدها لتقوم بروتينها اليومي كل صباح، الذي يتمثل في الاستيقاظ والاستحمام والتطيب وتناول الإفطار والخ....

نزلت إلى الكافيه، الغريب في الأمر والذي لست معتاداً عليه هو أن المشفى يخلو تماماً من الناس والمرضى. الهدوء يعم المكان وأنا في طريقي لأطلب القهوة قابلت والدي وألقينا السلام على بعضنا.. طلبنا القهوة الصباحية ثم طلب مني أن نجلس بالقرب من الشرفة الزجاجية المطلة على الحديقة، كانت أشعة الشمس الدافئة تخترق النافذة وتلامس جباهنا. ابتسم لي أبي ابتسامة تفقدية كأنه يريد الاطمئنان علي.

إبراهيم: سالم... أنا متأسف بشأن الفجوة الكبيرة التي بيني وبينك، أنا حزين لأني ابتعدت عنك لفترة طويلة يا بني كان من المفترض أن.....

سالم (قاطع والده): لا تقلق بهذا الشأن يا أبي ولا تهتم فأنا متفهم وضعنا جيداً...

سالم وإبراهيم (في نفس الوقت): أبي.... سالم

إبراهيم: تفضل يا سالم أنت ابدأ بالحديث أولاً

وبعد صمت دام لمدة دقيقة... قررت أن أواجهه.

سالم: أبي... أنا مرهق ومتعب ولم أستطع النوم جيداً منذ أيام، وفي الآونة الأخيرة راودتني كوابيس مزعجة، لقد عشت ظروفاً صعبة في غيابك يا أبي وأنت حتى لم تكترث لي ولم تسأل عني... لم تسألني ماذا حل بي البارحة ولم تهتم لمنظري البشع وملابسي الرثة والمتسخة بالطين ولم ينتبك الفضول حتى... لمَ كل هذا البرود الذي أراه منك؟!

إبراهيم (بعيون حزينة): سالم أرجوك... لا تبالغ؛ كل ما في الأمر أنك متعب فقط بسبب نومك غير المنتظم، وأعلم أنك تهتم لوالدتك في غيابي، أنا ووالدتك فخوران بك...

سالم (يتكلم بحدة): وما علاقة فخركما بما أمر به؟! لا تحاول أن تغير مجرى حديثنا...

أمسك سالم ذراع والده بقوة وخاطبه بنبرة أكثر حدة وعيناه حمراوان: ماذا يحدث لي يا أبي؟ لماذا تتهرب مني أشعر أنك تخفي عني أمراً ما؟؟!!

احمرّ وجه إبراهيم خوفاً على ابنه. أمسك كتف ابنه من ذراعه: سالم! أخذ نفساً عميقاً وقال: هذا يكفي! اهدأ... اذكر ربك وقم... تعال معي أنا سأخبرك بكل شيء... يجب عليك أن تعلم أني لن أخفي عنك شيئاً بعد الآن... اسمع لن أعاتبك على ردة فعلك فالإنسان يخطئ وأنت لم تخطئ يا بني لأنك لم تذنب، لدي فكرة وأعلم بالظروف التي تمر بها... الذنب كلهُ ذنبي، كان يجب أن أتحدث معك منذ البداية...

بعدما ذهبنا إلى حديقة المشفى بعيداً عن الأنظار، وقفتُ أنظر إليه وأسمعه بكل تمعن وحرص.

يقول إبراهيم لابنه: ربما لن تستطيع تحمل ما ستسمعه... هل أنت متأكد من أنك تريد أن تعرف الحقيقة؟

سالم: نعم متأكد سأتحمل مسؤولية ما سأسمعه منك مهما كانت العواقب... أبي أريد أن أعلم الحقيقة...

تنهد إبراهيم وقال: إذن... اســمع ما ســأقوله لك ولا تقاطعني مهما حدث.... قبل أكثر من أربعين ســنة كنا نعيش حياة بسيطة جداً، بيوتنا كانت تقريباً قديمة وأغلب الأسر كانت فقيرة، أي أن في ذاك الزمان يا سالم لا توجد تكنولوجيا ولا ســيارات، الناس كانت تتنقل عبر الخيول والحمير والإبل، ومن النادر والقليل استخدام السيارات كوسيلة مواصلات، العرب قديماً وتحديداً البدو همـ من ســكان المناطق الصحراوية، فقد اعتادوا على التنقل والترحال، كانوا يتنقلون عن طريق الدواب للتجارة والســفر. ومن أجل كل رب أسرة وجب عليه أن يؤمّن حياة أسرته، فالحياة قديماً كانت أكثر صعوبة في المناطق الصحراوية لعدة أســباب، من أهمها قلة المياه، ولأن جدك كان يرعى الأغنام والمواشي، لهذا السبب يا بني سافرنا إلى منطقــة جبلية بعيدة قليلاً.. منطقة تتميز بالموارد والخيرات الكثيرة. أهلها كانوا من سكان المناطق الجبلية وعادةً هذه المناطق تكون مناطق زراعية تربتها خصبة وقابلة للزراعة وسكانها يتمتعون بالفلاحة، فكانت منطقتهم تتمتع بالوديان والأنهار.

الناس في جيلنا كانوا طيبين وبسطاء في تعاملهم، كنا نحب أن نساعد بعضنا، كنا نتواصل دائماً مع الجيران، كنا كالعائلة بمعنى أن كل جار يسأل عن جاره الآخر وكل سكان البيوت يعرفون بعضهم البعض، أنا وأخي الأكبر وأبي رحمهم الله من ضمن الناس الذين يتنقلون ويسافرون دائماً، نحن بنية أجسادنا قوية تعودنا على العمل الشاق والسفر، وعندما نعود إلى ديارنا كنا نساعد أخواتنا في بعض الأمور المنزلية.

كنا عائلة مسالمة ومحافظة جداً ونحب الخير للجميع، إلى أن أتى ذاك اليوم الذي دخلنا به إلى إحدى القرى الجبلية البعيدة تقريباً، كانت القرية جميلة وفي كل بقعه فيها بستان وحقول زراعية.

وبعد دخولنا إلى قريتهم استقبلنا شخص اسمه سلطان في بيته المتواضع وقدم لنا الضيافة، أكرمنا هذا الرجل الشهم في منزله واعتبرنا من عائلته وخصص لنا بيتاً بالقرب من بيته، قال لنا إنه بناه للمسافرين الذين يأتون من مناطق بعيدة. كان عمر سلطان 44 سنة، غير متزوج، يقال عنه بأنه شخص شجاع وبغض النظر عن شهامته وهيبته وقوته وشعبيته عند أهل القرية، كان هذا الشخص يا سالم له جانب مظلم وغامض يقال بأن الناس لا تتجرأ بأن تطرق باب منزله وتتحاشى المرور من قرب بيته ليلاً، ظهرت إشاعات كثيرة عنه يقولون بأن الجن تحرس منزله دائماً، وأنا بالطبع لم أصدق تلك التفاهات لأنها غير حقيقية..

وبعدما ذهبنا إلى السيارة ليكمل والدي قصته الغريبة.....

وفي يوم من الأيام كانت الجمعة وتحديدا بعد الصلاة، دعا أبي في المنزل الذي أهدانا سلطان لنسكن به سلطان على الغداء، وبحكم أن العلاقة التي بيننا وبين أهل القرية أصبحت قوية فأصبح أبي وسلطان كالإخوة، في هذا اليوم كان والدي وأخي مستضيفين العم سلطان، بينما أنا كنت عند أحد المزارعين الموجودين في مزرعة من مزارع القرية، كنت أتعلم منه الزراعة والفلاحة بأنواعها ومنها: نوع التربة المناسبة لزرع

بعض النباتات، ومتى تكون المواسمِ المناسـبة لجني الثمار، فكان أهل القرية يزرعون أنواعاً مختلفة من النخيل التي تنتج ثماراً مختلفة الأنواع والطعم عن غيرها.

كان العمل معهم متعباً جداً ولكني كنت سعيداً لأني أتعلم وأكتسب خبرة كبيرة خصوصاً أني كنت في سـن المراهقة لا يتجاوز عمري 18 سنة، وأنا عائد إلى البيت وفي عز حماسي لفتـت انتباهـي تلك الفتاة، كانت بجمالها كالبدرِ المُضيء شـعرت وكأنني في النعيمِ أحببتها من النظرة الأولى. حينها أدركت بأني سأخوض حرباً قاسية من أجلها.

رأيتها تدخل بيت العم سلطان. كانت ترتدي ثوباً (المخور)(1) وممسكة بطرف طرحتها السوداء شبه الشفافة التي تغطي بها شفتيها الحمراوين، شـعرها طويل لدرجة أن شعرها يصل إلى أسفل ركبتيها، كانت ملفتة بحشمتها ورزانتها، ملفتة بنظرات عينيها الحادتين، الواسعتين المكحلتين بالإثمد.

سالم وهو يضحك: من هذه الفتاة التي أخذت عقلك؟

إبراهيم: كانت والدتك.

ليكمل لي بعدها... فُتحَ باب منزلنا ليخرج العم سلطان وأبي وأخي الكبير على منظري متسمراً أنظر إلى باب منزلهم سـهواً، كنت واقفاً كالتمثال.

____

(1) زي تراثي تقليدي مطرز للمرأة الخليجية وخاصة الإماراتية.

أتى أخي ينظر إليّ باستغراب وينظر إلى باب منزل سلطان ويقول: سلام قولاً من ربٍ رحيم...

وبعدها صفعني صفعة طفيفة على وجهي وضحك: مـاذا بك يا إبراهيم؟ هل رأيت عفريتاً أم أن جمال منظر الباب سحرك؟!

إبراهيم انفجع: بسـم الله الرحمن الرحيم آآ لا أنا كنت واقفاً هنا... أنتم... متى رجعتم؟

حمد (أخ إبراهيمَ الأكبر): إبراهيم يا محبـوبي نحن من بعد صلاة الجمعة لم نخرج أبداً من البيت.

والد إبراهيم وحمد: أهلا بك يا إبراهيمَ يبدو أن العمل في المزرعة أفادك... ادخل إلى البيت الآن واسترح.

و قبل دخولي إلى البيت بلحظات أثناء المحادثات التي دارت بيننا لم ينطق سلطان بأي حرف ولم يزح نظراته عني كانت نظراته لي باردة وحادة ومخيفة وكأنه يوجه لي رسـالة غير مباشرة بأنها سوف تتوجه لك ضربة قاسـية على غفلتك لن تنساها في حياتك، وفعلاً لم أنسها. كانت هذه اللحظة التي لم ينتبه أحد غيري على ملامحه التي تبدلت إلى ملامح شـيطانية خبيثة وكأن ستارَ الطيبة والخير، الحب والإنسانية انزاح عنه لتتبين لي ملامحه الغاضبة، الحقيقية.

غربت الشـمس وعم الليل وبعد صلاة العشاء تبادلنا أنا وأبي وأخي أطراف الحديث. وصفت لهم اسـتمتاعي بالعمل في المزرعة. وفي نهاية

حديثنا ختم أبي وقال: أنا فخور بكم جداً يا أبنائي لأنكم بدأتم تتعلمون وتكتسبون خبرة في حياتكمر، وبغض النظر عن أننا نسافر كثيراً وعن خبرتنا في رعي الإبل والأغنام إلا أن إبراهيم أصبح لديه معرفة في أمورٍ الفلاحة، وحمد يُعتمد عليه في أعمال البحر كصيد الأسماك واستخراج اللؤلؤ أنا فخور جداً بكم وأتمنى من الله أن يُنير بصيرتكم ويسدد خطاكم ويجعل النجاح حليفكم.

وبعدما ذهب كل واحد منا للنوم أنا وحمد كنا في نفس الغرفة...

إبراهيم (بصوت منخفض): حمد...حمد، استيقظ أتوق لإخبارك بأمر مهم...

حمد (يتثاءب ولمر يستطع أن يفتح عينه من شدة النعاس): يا إبراهيم نم يا بني، غداً ستقول لي ذاك الأمر المهم.

إبراهيم (بابتسامة عريضة وبدون مقدمات): حمد...لقد قررت أن أكمل نصف ديني، أريد أن أتزوج...

حمد كان مستلقياً على فراشه، كاد أن ينام ولكن بعد اعتراف إبراهيم العبيط نهض من مكانه، وتوسعت عيناه من الدهشة، نظر إليه وبدأ يضحك بهستيرية على اعترافه وقال بسخرية: الآن فهمت ما هو سبب شرودك ذهنياً أمام باب منزل العم سلطان...يا أخي الصغير إبراهيم منذ متى كبرت وبدأت تتفقه في أمور الحب....

إبراهيم: حسناً كفاك استهزاءً يا حمد... أنا أتكلم بجدية...

حمد (اعتدل في جلسته وبدأ يفكر بصوت عال مع إبراهيم): حسناً أنا أعتذر منك يا عزيزي... ولكن ما صلة القرابة التي بين الفتاة وسلطان... لا أظن بأنهُ والدها، سلطان قال بنفسه بأنهُ أعزب ولم يتزوج، ربما يكون عمها أو خالها، أنت ما رأيك؟

إبراهيم: رأيي بأن نذهب إليه في الغد أنا وأنت ووالدي ونتناقش في الأمر معه وأعتقد بأن...

قاطعه حمد مبتسماً: لا تتسرع... نحن مكثنا في هذه القرية لفترة زمنية ليست طويلة وأصبح لدينا الكثير من المعارف والأصدقاء هنا وجميعنا لدينا خلفية عن طباع سلطان... هو رجل شديد الطباع حاد الملامح وقليل الكلام، وإذا تحدث فهو يتحدث فقط بالأمور المهمة وربما هذه الصفات لا تكون جيدة إذا تسرعنا في الأمر قد نتلف علاقة والدنا بسلطان وأنت تعلم بأن علاقتهما أكثر من الأخوة. بما أني أخوك الأكبر، اسمع مني حالياً لن نقول شيئاً لوالدي، سنذهب أنا وأنت في الغد صباحاً لنتكلم مع سلطان، وإن شاء الله إذا أصابت كل توقعاتنا سنتناقش مع أبي وبإذن الله سنبدأ في مراسم الزواج.

لم تتصور كيف كانت عيني تلمع من الفرحة... الابتسامة لم تفارق وجهي في تلك الليلة...

****

أشرقت الشمس، صلينا الفجر وحل الصباح علينا. لبست الثوب وتطيبت وأخي كذلك، وقبل خروجنا رآنا أبي كان يقرأ القرآن، ثم قام وقال: أين أنتم ذاهبون يا أبنائي الأكارم؟

وقبل أن أتكلم سبقني أخي حمد: ذاهبون إلى المزرعة عند الشباب، ومن ثم سنذهب لنرعى الدواب ونتفقد أحوالها.

الوالد: الرب حافظ.

ذهبنا عند إحدى المزارع التي كانت موجودة في أحد التلال، رأينا سلطان وألقينا السلام عليه ورد السلام.

سلطان كما تعلم كان رجلاً ذا بنية شديدة وقوية. ومن النادر أن يبتسم كانت شخصيته تحمل كمية من الغموض الملفت.. رجل قليل الكلام وكثير الاستماع... عندما كنا في الطريق إليه رأيناه واقفاً أمام أحد الشلالات الجارية، واقفاً مستقيم الظهر مفرود الكتفين، يداه خلف ظهره، صامتا يشاهد جريان الشلال.

سلطان وهو يتكلم ببرود وثقة تفوق السحاب: إبراهيم وحمد أهلاً بكما، كنت أتوقع أنكما ستمران من هذا المكان اليوم، تفضلا أنا أسمعكما.

أنا وحمد رأينا نظرنا باستغراب لأنه توقع زيارتنا ونحن لم نلمح له ولم يقل أحد منا له عن موضوع خطبة إبراهيم لابنته.

حاولنا أنا وحمد أن لا نهتم لردة فعله وتصرفاته الغريبة فربما تكون صدفة أو ربما كان يخمن أننا سوف نأتي إلى هذا المكان.

للأمانة أنا وحمد كنا متوترين وكلانا يحاول أن يخفي هذا الشعور المزعج فهمت توتر حمد وشعرته في نفسي ولكن كلانا أخفينا توترنا ببراعة. الغريب في الأمر كان سلطان ينظر إلينا وكأنه يعلم بما نشعر به، نظرات هذا الرجل كانت تشعرني بالتوتر أكثر...

حمد وهو مبتسم تكلم بصوت عال قليلا: كل خير إن شاء الله يا سلطان.... أنا وإبراهيم أتينا إليك ولكي أكون صريحاً معك وإذا لم تمانع ومن بعد إذنك.. نحنُ أتينا إليك بنية صافية... نود أن نطلب يد ابنتكم للزواج من أخي إبراهيم....

بمجرد ما قال حمد هذه الجملة غضب سلطان، أمسك ذراع حمد بقبضته القوية، ثم وضع إصبعه على فمه وقال: اششش اصمت...لا تتفوها أنتما الاثنان بأي حرف...

أنا وأخي لم نفهم تصرفاته الغريبة. لأول مرة شعرنا وكأن أمامنا ليس سلطان الذي نعرفه واعتدنا عليه.

قال لنا: هيا تعالا معي.. لا تتكلما ولا تحاولا أن تصدرا أي صوت...

لا أعلم لمَ كل هذا الحرص من سلطان ولكن ليس لدينا حل آخر غير أن تبعناه حتى وصلنا عند بيته، ثم أشار إلينا بأن ندخل، نظرت إلى حمد

وابتسمت له ابتسامة طفيفة وردّ علي بابتسامة لأننا فهمنا أن المراد الذي نريد أن نصل إليه سوف يصبح حقيقة، بدأت أزهار قلبي تتفتح وتفوح منها رائحة السعادة وبدأت تتراقص مع كل دقة بقلبي، ولكن لسوء حظي العاثر لم تدم تلك الفرحة. ذهبنا إلى المجلس ثم بدأ يتكلم معي بحدة: إسمع يا إبراهيم إبتعد عنها... هذه الفتاة أمانة من أخي المرحوم، وليس لدي أي فتاة للزواج!!

إبراهيم مصدوم: ولكن لماذا؟...

سلطان بخبث: ولكن... فقط لأن هناك علاقة وثيقة ورابطة قوية استمرت لفترة بيني وبين والدك، فهو ليس مجرد صديق بل أعتبره أخاً لي، سأعطيك فرصة أخيرة لتغير رأيك. أنا أحذرك... امحُ تلك الفكرة من رأسك وإلا سأجعلك تتحسر من الندم طوال حياتك.... صدقني لن أجعل عينك تتذوق طعم النوم.

إبراهيم (لم يتحمل تلك الإهانة، احمر وجهه من الغضب): يا لوقاحتك وقلة حيائك...لا تفكر بأني سأصمت على تلك الإهانة.. ليس لك الحق بأن ترفضني بهذه الطريقة، نحن أتينا وطرقنا باب منزلك، لم نخالف العادات والتقاليد ولم نفعل شيئاً يحرمهُ ديننا...

سلطان: إبرااههييييممم !!!

إبراهيم يكمل كلامه وهو فاقد أعصابه وللأسف لم يعلم أن ردة فعله قد تؤدي به إلى الهلاك الحتمي:

اسمعني يا سلطان.. لقد كبرت كثيراً وليس لك من العمر إلا القليل... عليك أن تدرك أن تلك الفتاة ستكون زوجتي.

سلطان: ستندم كثيراً على كلامك هذا... اخرج من منزلي...!

حمد كان متوتراً جداً وحزيناً على حال أخيه. حاول أن يهدئ الوضع ولكن لم يعطوه فرصة بسبب المشاحنات الكلامية بينهم. خرج إبراهيم من منزل سلطان مسرعاً.....

ذهبت خلف إبراهيم لأتبعه وأنا أصيح باسمه: يا إبراهيم... انتظر.. تمهل يا أخي توقف... دعنا نحل تلك المشكلة بطريقة سلمية.. إبراهيم...

كنت أركض وراءه حتى توقفت لأني فقدت أثره تماماً...

حمد وهو يكلم نفسه ويتنفس بسرعة: هداك الله يا برهوم ... لقد كبرت في العمر وابيضّ شـعر رأسي... ليس لدي الطاقة الكافية للركض وراءك... لِمَ تلك الفتاة بالضبط؟ توجد الكثيرات غيرها لِم ابنة أخ سلطان أقوى رجل في القرية؟ تهورك سيضيعنا...

ريفال

انفتح باب المجلس بقوة، ودخلت ريفال عـلـى عمها ودموعها على خدها.. تلك الفتاة الحسـنـاء ذات الشعر الطويل والأسود كسواد الليل، سميت بهذا الاسـم لأن والدتها ليست من نفس العرق وبلد الأب ومن شدة عشق والدها لأمها أطلق اسم ريفال على ابنتهما الوحيدة...

ريفال وهي تبكي وتمسـح دموعها بيدها: لقد سـمعت كل شيء... ما هذه التصرفات التي ليست لها مبرر؟ لماذا دائماً تحرجني أمام الناس؟ لماذا توقف نصيبي وتمنع سعادتي؟ لقد سئمت منك، تكبرك وجبروتك وحب التملك أعمى عينك يا عمي!!!

سلطان: ريفاال!!! أنا لي فضل كبير عليكِ... فضلـ لا يستطيع أن يستوعبه عقلكِ، والدكِ وحتى والدتكِ لم يكن لهما دور في حياتك... أنا الذي قمت بتربيتكِ على يدي منذ سنوات طويلة وأعلم بمصلحتك يا ابنتـي يجب أن تدركي ما أقوله لك... وهذه المرة المليون الذي أقوله لكِ أنا لست عمكِ أنا والدك هل كلمة أبي لهذه الدرجة صعبة... قولي أبي، أبي يا ابنتي..

ريفال (بعصبية): أنت لسـت أبي ولن تكون أبي ولا تستطيع أن تأخذ مكانه، لا تلعب هذا الدور معي لأنه لا يناسبك وللعلم أنا لم أعد تلك الفتاة الصغيرة المدللة بعد الآن لقد كبرت، يجب عليك أن تدرك ما أقوله لك يا عمي!!!....

ســلطان وهو يصرخ في وجهها: إذن تصرفي كالكبار الراشدين، يجب أن تعلمـي أن هناك حقيقة واحدة لن يغيرها القدر وهو أني أنا والدك، لا تدعيني أناقشك في مثل هذه المواضيع يا ريفال مراراً و تكراراً وإلاّ ســأحول تلك الجنة التي  جعلتك تغرقين بنعيمها إلى جحيم... والآن اذهبي إلى غرفتك، لا أريد أن أرى وجهكِ.

عرش سلطان

عدت إلى البيت ورآني والدي وسأل عن إبراهيـم، لا أحب الكذب وخصوصاً على والدي ولكن هذه المرة كنت مضطراً لأن أكذب، ليس لدي حل آخر.. أخبرته أنهُ في المزرعة مع الشباب وأنه سيتأخر.

بو حمد: حفظكم الله يا أبنائي.

خجلت من نفسي وانحرجت بسبب الكذب، لم أستطع أن أخبره بالحقيقـة، ولا أُريد أن تكبر الأمور ونصل إلى منحدر خطير يؤدي بنا إلى كارثة لا تُحمد عقباها... مر اليوم وأنا لم أسمع خبراً عن أخي. كنت قلقاً جداً ولكني لم أظهر قلقي على وجهي لكي لا يشعر أحد بشيء. غربت الشـمس ولحسن الحظ لم يلاحظ أبي غياب إبراهيم. كنت متوتراً جداً وخائفاً من أن يحصل له شيء.... بدأت خيوط نور الشمس تتسلل من بين شقوق ظلام الليل وأنا لم أنم. سـمعت الأذان.. توضأنا أنا وأبي لكي نذهب للصلاة في المسجد. وبعدما انتهينا من الصلاة عدنا إلى المنزل..

والد حمد: هل رأيت إبراهيم اليوم؟ لِماذا لم يأت معنا لصلاة الفجر؟

حمد بابتسـامة مزيفة: من المؤكد أن إبراهيم خرجَ قبلنا وصلى في مسـجد آخر... أبي أنت تعلم طباع إبراهيم. هو فتىً طموح ومتسرع ويحب الاستكشاف وتعلم أشياء كثيرة.. أأأأنا متأكد أنهُ مع الشباب الآن..

والد حمد ربت على كتف حمد وكأنه يشعر بأنه يخفي عنه شيئاً ولكنه لم يرد أن يحرج ابنه.. ابتسم بحنان ثم قال: حمد أنت ابني البكر وأعلم كم اعتنيت بأخيك إبراهيم عندما كان طفلاً، أنت لست مجرد أخ أنت كالأب لإبراهيم .... إبراهيم عفوي وقلبه طيب ولكنهُ سريع الغضب... يا أبنائي لا تجعلوا تلك الصفة تتملككم وتُعمي أعينكم. وكما قال الرسول عليه الصلاة وسلام: «ليس الشديد بالصرعة، إنما الشديد الذي يملك نفسه عند الغضب» لا تنس كلامي أنت وإبراهيم.

****

(إبراهيم)

في ذلك اليوم الذي كنا فيه عند سلطان......

خرجت غاضباً من منزل سلطان وأنا مسرع لا أعلم أين أذهب.. سمعت صوت أخي يتهافت ويتعالى وينادي لكي أهدئ وأعود ولكني لم أرد عليه لأنني لا أريد أن أجرح أخي بكلمة مني وقت غضبي فهو لا ذنب له. ركضت بعيداً حتى ضللت الطريق ثم بدأت أمشي وأنا ألهث من التعب والعطش. مشيت وعبرت الجبال كنت بعيداً عن القرية قليلاً مشيت ومشيت حتى توقفت. بدأت الشمس تغرب ولا أعلم كم من الوقت استغرقت وأنا أمشي، سمعت أصوات أنهار وشلالات صغيرة تصب من الجبال، قلت في داخلي «الحمد لله». فرحت قليلاً وتوجهت إلى مصدر صوت الأنهار الجارية. اعتمدت على مصدر الصوت أكثر لأن

المكان بدأ يصبح أكثر عتمة ومن الصعب الرؤية جيداً، وصلت وجلست على ركبتي. غسلت وجهي ورأسي وارتويت من الماء حتى شبعت ثم أسندت ظهري على إحدى الصخور الكبيرة المجاورة للنهر الجاري. حل الليل وبدأت النجوم تسطع في السماء ومنظر القمر المنير في عتمة الليل كان جميلاً جداً، كانت الأجواء هادئة وفي حالة سكون لا يسمع فيها غير أصوات المياه الجارية وصوت صرصار الليل... كنت أتأمل السماء الدنيا بنجومها الجميلة، القمر كان مكتملاً ومنيراً وهذا ما ساعدني على الرؤية بشكل أوضح قليلاً... بدأت أفكر في تلك الفتاة العفيفة، نظراتها لم تفارق خيالي، الفتاة التي أشعلت في قلبي ناراً شوقاً لرؤيتها «يا ذات الابتسامة الفردوسية يا سحابةً ماطرةً، يا نعمة القدر ويا عطايا الرحمن يا من جابك إلى حياتي صدفة ولكن صدفة عابرة».. هلّ أستحق أن أخوض حرباً دامية كي أمتلكِك يا جوهرتي الثمينة؟... وبسبب الحزن والضيق الذي أشعر به في داخلي تولدت كمية هائلة من الغضب بسبب العم سلطان الذي استحقرني، في هذه اللحظة خطرت في بالي فكرة مجنونة لكي أثبت لنفسي بعدها إلى أي مدى من الحماقة والسذاجة بلغتُ... تذكرت أن للعم عدة مزارع من النخيل ولديه دكانين، فالعم سلطان لديه من الخيرات الكثيرة التي يتاجر بها في هذه القرية وأيضاً في البلدان المجاورة.

قررت أن أعود لكي أنفذ خطتي الجهنمية قبل شروق الشمس، فهذا هو الوقت المناسب من الليل والناس نيام... وفعلاً عدت أدراجي وأخذت

عمامتي التي كانت على كتفي وتلثمت، تسللت إلى أحد الدكاكين التي تحيط بها سور من اللوقه (خيمة من الخوص)، استطعت أن أفتح الباب جمعت كمية من الفحم والكبريت، وأيضاً أخذت معي فأساً، لم أنتظر أكثر لأنني توجهت سريعاً وخفية إلى إحدى المزارع التي تخص سلطان، وكانت قريبة جداً من القرية، وكانت من أكبر المزارع التي يمتلكها. موقعها في وادٍ (أي بين جبلين)، تسللت واختبأت بين أشجار الغاف وكنت على وشك دخول تلك المزرعة لأنني اقتربت منها كثيراً...

إبراهيم وبابتسامة عريضة خبيثة: وأخيراً المزرعة أصبحت تحت سيطرتي أقسم بأني سأجعل القيامة تقوم بها وبعدها سأهرب، لن يعلم أحد بأني أنا وراء هذه المصيبة التي ستحل على سلطان.

في منتصف ظلمة الليل حملت الفأس. كان معلقاً بقطعة قماش على ظهري والأشياء التي كنت أريدها أيضاً لإتمام ما بدأت به، ولأني أحتاج إلى بعض الخشب لأشعل الحريق بشكل أسرع توجهت إلى النخلة القريبة مني لأقطع جذعها ثم بدأت أضرب جذع النخلة بالفأس... بدأت بالضربة الأولى ثم الثانية، وبعدها كدت أن أضربها للمرة الثالثة ولكن فجأة، ولثوان معدودة، شعرت وكأن أحداً كاد أن ينهي حياتي في غمضة عين ولكن شاء الله أن يتكرم علي ويعطيني فرصة لأعيش أو لأواجه قدري الملعون وأتحمل نتيجة أفعالي... شاهدت رجلاً ولأول مرة أشاهد مثل ضخامته وطوله، كاد أن يضرب رأسي بخشبٍ سميكٍ جداً لكنني

أنزلت رأسي بحركه سريعة لأني التفت ورائي. كانوا ثلاثة رجال اثنين مثل بِنْيَة جسمي والثالث ضخم طويل القامة قوي البنية. دُمّرت كل خططي في إشـعال الحريق وإحداث ضجة...بدأ بيننا اشـتباك عنيف جداً وبكل ما أملك من قوة لمقاومتهم ركضت بعيداً عنهم، وأخذت أرمي الأحجار عليهم بطريقة سـريعة ولكن بحركة سـريعـة وغير متوقعة حملني هذا الضخم بكلتا يديه من ثوبي وطرحني أرضاً، وبـكل قوة أخذت الفأس الذي كان على الأرض وأنا منبطح على ظهري ضـربـت به أحد الرجال على رجله.. يبدو أنني كسرتها لأنني رأيت الدم يسـيل من قدمه وتلطخ وجهي بدمائه واقعاً على الأرض ويصرخ بصوت عال متألم، لم أخف ولم تكن لي نية بأن أهرب بل قمت من مكاني بسـرعة ورفعت الفأس لكي أضرب الرجل الآخر ولكني لم أسـتطع لأن ذاك الضخم أمسك يدي من الخلف ودعس على رجليّ الاثنتين لكي يعيق ويشـل حركتي وبدأ الرجل غير المصاب بضربي ضربا مبرحا حتى سـالـت الدماء من رأسي وفمي وأنفي، وبدأ يضرب على عظامي ومفاصل جسمي ومعدتي بلكمات حتى فقدت الوعي...............................

كنت فاقد الوعي ومتعباً. لم أعد أستطيع الحراك كنت أشعر بالصداع والدوار وبألم فظيع في مناطق مختلفة في جسدي، أردت أن أصيح بصوت عال ولكني لم أستطع، رجلي كانت تؤلمني كثيراً لأني شعرت بها تنسحب على الصخور وهم يسـحبونني وهذا ما تسبب في تقطع أجزاء من جلد رجلي، شـعرت بأني مقيد بسلاسل من حديد في يدي، حجبوا عني الرؤية

لأني أدركـت لاحقاً أن هؤلاء الغرباء غطوا رأسي بكيس من الخيش، لا أعلم كم من المدة استغرقت، كنت أسمع صوتـ صدى قطرات المياه وهي تتسـاقط وكأني انتقلت إلى عالم آخر ومختلف. المكان أصبح شديد البرودة، فجأة دفعوني بكل وحشـية على الأرض، ثم تكلم أحدهم كان صوته غليظا ولكنه مألوف قال بأسلوب آمر: ارفعوا الغطاء واكشفوا عن وجهه.

و فعلاً رفعوا قطعة الخيش عن رأسي، بدأت أسـتعيد وعيي شيئاً فشيئاً، كنت أشـعر بصداع وغثيان وثقل في عيني ولكنني استطعت أن أفتحهما بصعوبة على منظر أصابني بالذهول، لم أشاهد في حياتي مثل هذا المنظر قط إلا في الحكايات والقصص الخيالية، والآن أنا أرٰاها أمام عيني في الواقع.....

كنـت في مكان غريب جداً وتحديدا في أعماق الكهف ولولا العواميد الخشبية المشـتعلة والمعلقة على جدران الكهف لكان المكان مظلماً، ما أثار دهشـتي هو أني رٰأيت عرشـاً لم أرٰ في حياتي مثله قط وعدداً من الرجال يحيطون بالعرش من كل جانب، بعضهم مـن أهل القرية، أما الباقون لم أتعرف عليهم.

العرش كان من فخامته أشعرني وكأنني أمام أحد الملوك الذين ذكروا في قصص التاريخ قبل مئات السـنين، لم يخطر في بالي ولو للحظة أن الشخص الذي كان جالساً على هذا العرش هو سلطان.

لم أنطق بكلمة واكتفيت بالسكوت في بداية الأمر. سلطان وهو مبتسم ابتسامة باردة ويصفق بيده بطريقة وقحة:

- سأكون صريحاً معك يا إبراهيم... فعلاً لقد أدهشتني، أنا شخصياً بدأت أُعجبُ بك أنت تذكرني بشبابي...

- اقتلني... اقتلني ولا تتردد.

- لا يا ابن أخي ليس لدي نية بقتل فتىً شجاع وشهم لا يخاف مثلك، لو أردت ذلك لقتلتك ولمِ تكن واقفاً أمامـي الآن... آه صحيح.. قلت لي بأنك تريد الزواج من ابنة أخي ريفال صحيح؟

- ماذا؟ اسمها ريفال؟

- لكن في علمك كل شيء ستأخذه أنت سـيكون هناك مقابل... أنا أوافـق على زواجك من ريفال ولكن يا إبراهيم عليك أن تعلم أنـه لا توجد بيني وبينك أي عداوة، وتذكر أنك أنت الذي بدأت وحاولت أن تتعدى على ممتلكات لا تخصك!

- ماذا تريد مني يا هذا؟؟!!

- سـأختصر لك، سأدلك على أمر سيرفع من شأنك وستكون لك هيبة وهذه الدنيا التي تحت رجليك ستتحول إلى جنة، وستحصل على كل ما تتمناه بسـهولة، كل شيء سـيكون في قبضة يدك، ستكون أنت الآمر والناهي، إذا أردت السـلطة ستحصل عليها وإذا أردت المال ستحصل عليه، ستتحول تلك الأرض التي تمشي عليها بساتين

من الورد والناس الذين تحبهم سيعيشون معك أجمل سنوات حياتك وريفال ستكون شريكتك إلى الأبد، مخلدين...

- ههههه... أنت رجل مجنون فعلاً!!...

- اسمع يا بني هناك شروط يجب أن تتبعها إجبارياً ستحضر معنا هنا بعض طقوس استحضار الخدام من العوالم الأخرى ليساعدونا ونساعدهم، بمعنى أننا سنستحضرهم هنا ونتحدث معهم، بعدها سيطلبون منا شروطاً ننفذها، وفي المقابل هم سيكونون تحت إمرتنا، وخدامنا سينفذون جميع ما نطلب منهم... و لكن الأهم من هذا كله أن نعقد معهم عقداً واتفاقية بدمائنا...

- مستحيل لن أفعل هذا أبداً هذا كفر واسمه حرام.

- من قال بأنك ستكفر؟! اسمع مني أيها الفتى الجاهل... أنا رجل أكبر منك بكثير وعندي من العلم والمعرفة ما ليس عندك وعشت بما يكفي من سنوات حياتي لكي ألجأ إلى هذه الأمور... الحياة يا بني لن نعيشها إلّا مرة، الحياة شاقة ومتعبة ومحزنة ومخيفة وعنيفة ومخزية جداً، ستتعرض للخيانة والظلم والقهر وستعيش وحيداً، منهم من سيتخلى عنك ومنهم من سيموت ويتركك ولن يبقى لديك أحد وستتلاشى طموحاتك شيئاً فشيئاً... يا بني أنت مجرد فتىً طائش وبصفتي رجلاً أكبر منك في العمر أردت أن أساعدك وأرشدك إلى طريق تعيش به سعيداً طوال حياتك..

طريــق يحولك من دنيا فانية إلى جنة خالدة...لمَ أقل لك بأن لا تصلــي أو لا تقرأ القرآن ولن أقول لك بأن تعصي الله، حاشــا لله، الموضوع لا علاقة له بالكفر أو بالدين أبداً هذه مجرد طقوس تقليدية عادية فقط، خاصة وسرية لمجموعتنا وإذا ســمعت أن هذا الأمر ســحر و شعوذة و كفر فهذا غير صحيح، الناس تتداول تلك الإشــاعات لأن الناس بطبيعتهم يخافون من المجهول وهذا هو الواقع... حسنا خلاصة الكلام... أنت يا إبراهيم وبما أنك بدأت بهذه الحرب ضدي وحاولت أن تحرق مزرعة من المزارع التي أمتلكها ستكمل بما بدأت به ولديك واحد من الخيارين، الخيار الأول ستكون ساعدي الأيمن وتلميذي وشريكي في أعمال الطقوس الخاصة بمجموعتنا، وإلا لن تشرق عليك الشــمس إلا وأنت جثة هامدة مرمية في هذه القرية.

- اسمح لي أنظر في الأمر، أمهلني فترة لكي أفكر...

- سأمهلك فترة قصيرة فقط...

مرت دقائق وأنا أفكر، «يا إلهي كم أنا ساذج وكم هذه الحياة بقذاراتهـا باقية فلَم أجد منهـا الإخلاص فمتى الخلاص؟»، أنا عالق على حافة الهاوية بين الذهاب نحو المجهول والموت، عقلي مشــوش جداً وأفكاري ترتطم ببعضها، ســلطان الرجل الذي لطالما ظننته ذا ضمير واع ووقار وحكمة... خابت ظنوني لأنهُ خدعنا جميعنا، هذا الرجل عبارة عن

شـيطان على هيئة إنسان. جانبه المظلم عبارة عن جحيم، فكرت كثيراً وتوصلت لفكرة قد لا تجدي نفعاً ولكني سـأحاول هذه المرة، سأتظاهر بأني شريكه في أعماله الغريبة والغبية. وبعد أنـ تصبح ريفال زوجتي أهل القرية سيسـمعون بخبر اغتيال سلطان والفاعل مجهول فهو أصبح عدواً من الآن.

- حسنا أنا موافق.

و بعد أن نفذ الرجال طلب سلطان بفك قيودي، نزل من عرشه وتقدم ليقف أمامي ثم قال: حسـناً إذاً، قبل البدء يجب عليك أن تعلم، ومن هذه اللحظة التي سـتدخل معنا يا إبراهيم أنه لا يوجد طريق للعودة أو الرجوع، كل شيء له علاقة بمجموعتنا سـيكون ملازمك مثل اسمك، ملازمك عند نومك واستيقاظك و ملازمك أثناء مشربك ومأكلك وحياتك اليوميــة، وإذا حاولت مخالفة تقاليد هذه المجموعة السرية المفروضة علينا مصيرك سـيكون الموت أنت وكل الأشخاص الذين سيحاولون فضح أو تسريب أخبار و معلومات لجماعتنا السرية...

إبراهيم (بعصبية وتوتر فقد كاد صبره ينفد): حسناً حسناً متى سننتهي من هذه المسرحية المملة التافهة؟!!

أشـار بيده إلى أحد الواقفين ليحضر خنجراً حاداً غريب الشكل عليه أحرف وكلمات غير مفهومة وعند نهاية مسـكة الخنجر يوجد شكل جمجمة. وأحضر أيضاً وعاء خشبياً.

سلطان: أعطني كف يدك.

ابتلعت لعابي من التوتر كنت أنتظر متى ستنتهي هذه المسرحية الغبية فصبري بدأ ينفد. مددت يدي فوق الوعاء الذي كان الرجل ممسكاً به. أما سلطان فبدأ يجرح كف يدي بالخنجر وهو يتمتم بكلمات غريبة وغير مفهومة. وبدأ الدم يصب في الوعاء وبعدما انتهى أخذوا الخنجر والوعاء إلى مكان أعمق في الكهف المظلم لا أعلم أين، بدأ الفضول يتملكني كنت أراقب تحركاتهم وإلى أين يذهبون لكنني فقدت أثرهم لأنهم دخلوا إلى نفق به درج يوصلهم إلى الأسفل، عاد سلطان وجلس على عرشه ثم قال لي: لقد انتهينا.. سيأخذك أحد الأشخاص إلى خارج الكهف... تستطيعون الذهاب الآن.

إبراهيم: أهذا كل شيء؟

سلطان: هذه البداية فقط...اللعبة سوف تبدأ الآن، سيصلك مني خبر، وستبدأ معنا لاحقاً، والآن تستطيع الذهاب.

***

(حمد)

مر الوقت. صلينا الظهر وما زال إبراهيم غائباً، أنا قلق جداً بشأنه فقررت الذهاب إلى أحد الفلاحين، فهو صديق إبراهيم، اسمه خلفان ودائماً ما كانا يلتقيان في المزرعة للفلاحة... رحب بي وبعد أن سألنا عن أحوالنا بادرت وقلت له.

حمد: خلفان... هل رأيت إبراهيم اليوم؟ هل أتى إليك في المزرعة؟

خلفان ابتسم باستغراب: لا... من المفترض أن يأتي إلى المزرعة بالأمس واليوم كذلك ولكنني لم أره.. لماذا؟ كيف حال إبراهيم؟ هل هو بخير؟ إذا رأيته أوصل سلامي إليه وقل له بأن يأتي إلينا للعمل معنا فقد اشتاق الشباب له كثيراً.

بدت ملامح الانزعاج والخوف على وجهي: وكيف لي أن أوصل سلامك له وهو مفقود؟! لم أره منذ يومين... الوقت الذي كنا فيه أنا وإبراهيم معاً كان الضحى، كنا في منزل سلطان وإبراهيم خرج من منزله وهو غاضب، حاولت أن أتبعه ولكني فقدت أثره... هنا عبارة عن مناطق جبلية ضخمة وتوجد الكثير من الطرق الوعرة، أخشى أنه تسلق أحد الجبال ووقع منه... أخشى أن أخي قد مات... أنا مذعور يا خلفان.

خلفان (وضع يديه على كتف حمد يواسيه): تفاءل؛ ليس هناك داعٍ للخوف، لا تقلق.. إبراهيم سيكون بخير. أعدك بأننا لن نترك بقعة في هذه القرية إلا ونبحث فيها عنه... هل الوالد يعلم بأمر اختفاء إبراهيم؟

جلست على الأرض ووضعت يديّ على رأسي ثم أنزلتهما وتنهدت نادماً ثم قلت: لا... أبي كان يسأل عنه باستمرار ولكني اختلقت له الأعذار، والدي كبير في السن لم أخبره بالحقيقة لأنني لا أريد أن يصيبه مكروه... أشعر بالذنب يا خلفان لأنني أنا السبب في كل هذا...

خلفان: لا تقلق يا حمد سنجد أخاك.. والآن هيا لنبحث عنه لا نريد أن نضيع المزيد من الوقت....

وفعلا، بدأنا أنا وخلفان ومجموعة من المزارعين (معارف إبراهيم وحمد) بالبحث عنه في العزب والمزارع والوديان لمدة ساعات. ذهب أحدهم يقال عنه بأن نظره حاد وقوي يستطيع أن يشاهد من مسافات بعيدة كالمسافرين والأعداء في وقت الحروب (قصة هذا الرجل تشبه تقريباً أسطورة الفتاة التي لُقبت بزرقاء اليمامة ولكن حكايتنا هنا تختلف كثيراً)، تسلق فوق هضبة عالية وبدأ يدقق على المناطق كلها... وفجأة صاح قائلا: خلفاان...حممد يوجد شخص من بعيد قادم ناحيتنا، ولكنه لا يمشي بطريقة سليمة بل يعرج!!!

ركضْت وركَضَت مجموعتنا ناحية الشخص المتجه إلينا، اقتربنا منه وإذا هو إبراهيم، ثوبه كان متسخاً بالطين وملطخاً بالدم، وكان مجروحاً في رأسه وأنفه ورجله ويده اليمنى كانت مكسورة، ممسكاً بيده التي تنزف، ناهيكم عن نصف وجهه الأيسر المنتفخ، أصبت أنا وخلفان بالذهول من منظره المشوه....

ركضت ناحيته، وقبل أن يسقط إبراهيم على الأرض أمسكته بسرعة وأسندت ظهره على ذراعي الأيمن وجلسنا على الأرض أحدق به باستغراب وجميع الشباب كانوا حولنا.

حمد (منفعلاً وحزيناً): ما هذا المنظر البشـع الذي رأيتك به يا إبراهيم؟ أين كنت طول هذه المدة؟ ومن الذي تجـرأ وضربك بهذه الطريقة الوحشية؟! أخبرني!

خلفان: تكلم يا ابن آدم من الذي اعتدى عليك أخبرنا لنأخذ حقك....

قال أحد الموجودين: أقسم بالله وبأننا رجال.. سنأخذ بثأرنا وسنأتي برأسه إليك.

وقال الآخر: يا رجال اهدؤوا قليلاً، دعونا نعالج هذا الرجل المسكين، ألا تنظرون إلى حاله إنهُ ينزف..

إبراهيم: ماء.. ماء.. أريدُ بعض الماء!!

هرول أحد الشباب المتواجدين إلى أحد الشلالات المجاورة التي تصب مـن الجبال وأتى بشيء مصنوع من جلد الحيوانات كالماعز والبقر وملأه بالماء. (القربة: كان العرب قديماً يستخدمونها ليحتفظوا بالماء لوقت أطول وخصوصاً وقت السفر، كانت النساء قديماً يستخدمن القربة لصنع اللبن). وبعد أن شرب إبراهيم وارتوى، أخذوه وتجمعوا في بيت والد حمد وإبراهيم.

أبو حمد لم يتحمل منظر ابنه.. لم يتمالك نفسه ولم يستطيع أن يمسك دموعه التي بدأت تتساقط رغما عنه فما هو الأغلى من الابن؟!

والد حمد وإبراهيم كان من عباقرة الأطباء الشعبيين في شبابه،

وبمساعدة مجموعة من أصدقاء إبراهيم وحمد أحضروا بعض من المستلزمات المهمة، وأسندوا ظهر إبراهيم ثم بدأ الأب بمعالجة ابنه حيث استخدم الملح المطهر باللبن ووضعه على الجروح لكي يخفف من النزيف، أما بالنسبة للكسر الذي تعرض له إبراهيم على مفصل يده ورجله، فاستخدم أوراق نبتة تدعى السدر وطحنها مع الملح ثم خلطها مع الكركم والماء الساخن ووضعها على الأماكن التي تعرضت للكسر ولفها بقطعة من الأقمشة.

وبعد أن انتهى طلب من أحد الشباب مساعدته بأن يأخذ بعض الأدوات ويضعها في صندوق (المندوس) متوسط الحجم (المندوس هو صندوق كان العرب يستخدمونه قديماً لكي يحتفظوا بملابسهم وأغراضهم).

الجميع متواجدون وواقفون حول إبراهيم، يريدون الاطمئنان عليه. صمتوا جميعاً ثم سأل والد إبراهيم قائلا: أين كنت يا إبراهيم؟

بدأ يظهر على ملامح إبراهيم التوتر وخوف: أنا آسف، أعترف بأني على خطأ لأني جعلتكم تقلقون علي، أشعر بالحَرِج منك يا والدي!

حمد وتعابير وجهه تدل على الانزعاج والخوف قال بهدوء: من اعتدى عليك يا إبراهيم؟

(حمد توقع أن يعترف إبراهيم على الشخص الذي اعتدى عليه)

إبراهيم كان يريد الاعتراف بكل شيء، ولكن فجأة شـعر وكأن شـيئاً مـا بدأ يتحكم بـه ليتكلم: بعد صلاة الفجر خرجنا وكما قلنا لك في المرة السابقة يا أبي ذهب حمد ليرى الغنم والإبل. أما بالنسـبة لي وبعدما انتهـى عملي مع خلفان في المزرعــة وكما تعلمون أن هذه القرية خلابة وساحرة للعيون، جبالها عالية غنية بالشلالات والأنهار وبساتينها فاتنة وأجواؤها جميلة جداً، فقررت ذاك اليوم وقبل أن آتي إلى البيت أن أصعد أحد الجبال لكي أشاهد منظر القرية من الأعلى، وصعدت جبلاً لكني فقدت توازني ووقعت وارتطم رأسي بالصخور وللأسف فقدت الوعي.

الأب وهو يربت على يد ابنه مبتسماً: الحمد لله على سلامتك، قدر الله وما شاء فعل، المهم الآن أن تستعيد عافيتك مجدداً... أبنائي الشباب جزاكم الله خيراً لقد أثلجتم صدري فرحاً بمساعدة أخيكم إبراهيم.

قـال أحدهم: إبراهيم أخ عزيز على قلوبنا وهـذا واجبنا، نأمل أن تطيب جروحه ونتمنى له الشفاء العاجل بإذن الله.

أبو إبراهيم وحمد: آمين... بارك الله فيكم يا أبنائي وسدد الله خطاكم وأنار طريقكم وحفظكم من كل سـوء، نحن وبما أننا مؤمنون بالله واجب علينا أن نتوكل على الواحد الأحد الذي لا يموت ونؤمن بقضائه مهما كان، ولكن علينا أن نأخذ بالأسباب فأذكار الصباح والمساء تحصن المسلم من كل شر. وتذكروا دائماً بأن كيد الشيطان كان ضعيفاً...

كان حمد وخلفان مصدومين من ردة فعل إبراهيم ولكنهما صمتا ولم يقل أحد منهما شيئا لأنهما الوحيدان يعلمان بأنه يكذب، لكنهما فضّلا الســكوت على الكلام... وبعد أن تسامروا وتبادلوا الحديث الطيب واطمأنوا الشــباب على صحة إبراهيم استأذنوا بالرحيل من الأب، عرض والد إبراهيم وحمد أن يبيتوا عنده، فهم مثـل أبنائه ولكن الوقت قد تأخر فقرروا الذهاب. وبعد أن ذهبوا جميعاً بقي حمد وخلفان عند عتبة البيت يتحدثون وبعدما أخبر حمد خلفان عــن موضوع خطبة إبراهيم لابنة شــقيق سلطان وكيف كان فظاً ولئيماً مع إبراهيم، حزن خلفان على صديقه.

خلفان: ســلطان له شعبية عند أهل القرية وعندما يتصادف سلطان مع الأهالي يلقون الســلام على بعضهم البعض وغالبــاً ما كان يخصص تجمعات في المناسبات وأحياناً كان يوزع الأضاحي على المحتاجين، فكان يتصف بالكرم ولكن يا حمد أنا لم أستلطف هذا الإنسان قط، ولم أحاول أن أقترب منه أو أتودد إليه، كنت دائماً أشعر بأن شخصيته زائفة ومنظره عبارة عن قناع يرتديه أمام الناس.

حمد: أنا متأكد من أنه ســبب كل ما حدث لإبراهيم... يجب أن ألوم نفسي أولاً فأنا المتسبب الرئيسي في كل شيء لو لم أتصرف بغباء ولم نذهب إلى منزله، لما حدث كل هذا، أشعر بأن الذنب ذنبي...

خلفـان: لا يا صديقي حمد الذنب ليس ذنبك، أنت رجل طيب جداً وحاولت أن تقدم المسـاعدة وتـؤدي الواجب لأخيك فقط، لا تقلق كل شيء سيكون على ما يرام قريباً.

حمد: شـكراً لك يا خلفان أنت رجل يشتد به الظهر شكراً لوجودك ووقوفك معي. أنا سعيد جداً لأني تعرفت على رجل طيب وشهم مثلك.

خلفان: العفو يا أخي حمد هذا واجبنا... أما بالنسبة إلى هذه المشكلة فأنا من رأيي أن تبتعد أنت وإبراهيم عن ذاك الرجل، لو كنت مكانكما لن أجلس في هذه القرية دقيقة واحدة، إنها مسألة حياة أو موت يا حمد، أخوك إبراهيم كاد أن يموت وحياة الإنسان ثمينة يجب الحفاظ عليهـا. نصيحة مني « الشيء الذي يسـحر عينك يأخذ عقلك، وإذا أخذ عقلك تتحول إلى مجنون».

حمد: لم أفهم كلامك من سيحولني إلى مجنون؟

خلفان: مع الوقت ستفهم كلامي تصبح على خير يا حمد، أنا أستأذن.

حمد: إذنك معك... في حفظ الرحمن.

وبعد ذهاب خلفان، عدت إلى البيت، رأيت والدي جالسـاً بجانب إبراهيم، وكان يقرأ الأذكار ويسبح، أما إبراهيم فكان نائماً. قبلت رأس أبي وجلست بجانبه.

أبو حمد: بارك الله فيك.

ثم بعد دقائق من الصمت قال: حمد نحن طال بقاؤنا في هذه القرية والحمد لله أهلها ساعدونا كثيراً وتجارتنا توسعت ورزقنا الله بكل خير ولدينا محصول يكفي لأسرتنا ولرعي الغنم والإبل لفترات طويلة. وبعد أن يتحسن إبراهيم سنجمع أغراضنا، جاء الوقت لنتوكل على الله...

لم أقل له شيئاً فقط اكتفيت بهز رأسي موافقاً.

حمد في حيرة

أشرقت الشمس بابتسامتها المضيئة في قلب السماء وتدفق نورها بهدوء إلى أرجاء تلك القرية الجميلة والساحرة، قرية كأنها جنة ولكنها جنة مصغرة تدفقت أنوارها بشحنات الإيجابية إلى أهلها، حيث من نورها تنبت الحياة وتنمو الأزهار والأشجار، وتتعايش معها جميع المخلوقات التي تحيا بها ولكن تحيا بها بتناغم عجيب حيث تتراقص بها أسراب متنوعة من الطيور بأجنحتها الواسعة بكل حرية لتحضن السماء، إنها أسلوب الحياة اليومية... في منزل والد إبراهيم وحمد كان بعض رجال أهل القرية مجتمعين لتأدية الواجب والاطمئنان على صحة إبراهيم، وكان إمبراطور هذا الاجتماع والواقف بين الحضور بابتسامته الحادة الوسيمة وضحكته الملفتة وحديثه غير المسموع مع والدي بسبب أصوات المتواجدين... سلطان كان إمبراطور الاجتماع. ولكن ما أثار استغرابي هو السر الذي يجعله واثقاً هكذا من نفسه إلى هذه الدرجة الكبيرة وكأن غيمة من السلام هبطت علينا لتمطر فوق رؤوسنا وتطهر ضعاف النفوس من شوائبهم النتنة.. من نفاقهم وحقدهم الدفين.. يا للعجب، التفت إلى إبراهيم الذي كان جالساً مع بعض من أصحابه يضحك معهم وكأن فتاة أحلامه الحسناء ذات الشعر الطويل مُسحت من ذاكرته... وأنا أحدق بصمت في وجه أخي محاولاً أن أجعل هذا الغموض يتفكك لأرى الحقيقة فجأة تنحنح سلطان بصوت عال لكي يجعل تركيز الجميع وأعينهم وآذانهم صاغية إليه.. ثم قال في حضرة

الصامتين والمستمعين المبتسمين: بمناسبة هذا اليوم المبارك وبمناسبة سلامة ابن أخي وصديقي قررت أن أضحي لوجه رب العالمين وأوزع لحم الأضحية للناس وللفقراء والمحتاجين... أبو حمد اسمح لي بأن أستضيفك لفترة أطول. أنت هنا بين أهلك وهذا بيتك...

والد حمد وإبراهيم مبتسماً: شكراً لكم جميعاً طريقة ضيافتكم وكرمكم لي.. أحرجتني ولم أشعر بأنني شخص غريب أنا فعلاً بين عائلتي الثانية، ولكن طال بقاؤنا هنا ويجب علينا أن نعود إلى الديار.

تعالت الأصوات وبدأت النقاشات العشوائية تتداخل في بعضها حتى تدخل سلطان رافعاً كف يده لكي يصمتوا.

- حسناً...صلوا على نبي الله، لن أضغط على أخينا أبي حمد ولكن لو يبقى هنا لفترة أطول فهذا الأمر يسعدنا كثيراً.

تدخل إبراهيم في هذه اللحظة ليشاركنا رأيه: وأنا رأيي من رأي سلطان دعونا لا نستعجل...

والد حمد: حسناً بما أن أبنائي والجميع هنا فرحون وأمورنا متيسرة بإذن الله، يسعدني بأن نبقى هنا لفترة أطول.

وبعد دقائق أخذت والدي على جنب وقلت له بصوت غاضب ومنخفض: لماذا!!!؟؟ لماذا يا أبي وافقت أن نبقى؟ لقد تحدثنا في الليلة السابقة أنه بعد تحسن إبراهيم سنخرج من القرية...

والــد حمد يقول بصوت منخفض: حمد لم أرد أن أكسر خاطر أخيك المريض والجميع هنا من أصدقائنا فرحون وإبراهيم بدأ يتحسن، ويبدو أن أهل القرية هنا يحبون المناسبات والأفراح والتجمعات ومهما حدث «قل لن يصيبنا إلا ما كتب الله لنا»، لا تقلق يا بني كانت مجرد حادثة.. تفاءل بالخير.

تنهدت وقلت: نعم يا أبي أنت على حق.

ذهــب الناس إلى بيوتهم وانتظرت والدي حتى ينام، ثم ذهبت إلى إبراهيم خفية.. كان نائماً بعمق وكانت الكدمات تملأ وجهه بشكل مخيف، عقلي بدأ يتآكل مـن الفضول. قلت بصوت منخفض وحاد وأنا أمسك به وأهزه بالقوة: إبراهيم... يا إبراهيم استيقظ.

إبراهيم قام من نومه مفزوعاً: بسمر الله الرحمن الرحيم ... ماذا؟؟ ماذا؟؟... حتى لو قامت القيامة لن أخاف و أتروع بهذه الطريقة...

حمد: كفاك كلاماً وتعال معي إلى خارج البيت عنـد عتبة الباب، الوالد نائم ولا أريد أن يسمع حديثنا، سأتكلم معك.

إبراهيم تثاءب ثم قال: حسنا خرجنا... قل لي ما الأمر؟؟

- من المفترض أنك من يجب أن يقول لي ما الأمر؟ ما الذي حدث معك؟ أنا لم أصدق أن الجروح التي على جسـدك ووجهك سببها وقوعك من على أحد الجبال العالية.

- لم أفهم ماذا تقصد؟؟

- أعلم بأنك تكذب، أين كنت قبل يومين أعترف؟؟

- قلــت لكم بأنني وقعت من أعلى الجبل... لماذا لم تصدقني؟ هل تحاول أن تستفزني؟

- في المرة السابقة خرجت من منزلـــ سلطان وأنت غاضب، كنتما أنتما الاثنان غاضبين وحدث بينكما نقاش حاد بسـبب ابنة أخيه، وبعدهـا غبت لمدة يومين والآن أرـى وكأنه لم يحدث شيء؛ أنت تضحك وذاك يتصرف وكأنه لم يحدث بينكما أي نقاش، وكأن العم سلطان ليس له علاقة بما حدث لك!!

إبراهيم وهو منفعل في وجه حمد: أنا لسـت طفلاً لكي تحاسبني يا حمد.

حمد بدأ يفقد أعصابه: أنا أخولك الأكبر ومن حقي أن أعرف أين تذهب ومن أين تأتي وإن علمت بأنك تكذب علي أقسم لك بأني لن أرحمك هل تفهمني؟!

قربان الشيطان

(إبراهيم)

مرت الأيام وصحتي الجسدية بدأت تتحسن، لكن لمر تعد أنا وأخي علاقتنا قوية كالسابق لأنها بدأت تتدهور تدريجياً، أصبحت أكثر هدوءًا مــن قبل، اعتدت على البقاء صامتاً في أغلب الأوقات، أصبح كلامي قليلاً وتصرفاتي مع الجميع أصبحت أكثر حذراً وخصوصاً مع حمد.

كنت أنتظر اللحظة المناسبة لأخرج خفية من البيت إلى جلسة تدعى «ليلة الاثنين». هكذا لمّح سلطان لي بأن هذا الوقت المناسب للانضمام إلى مجموعتهم. قال لي بأن أهلي ســوف يغطون في نومٍ عميق في هذا الوقت، وطلب مني أن لا أقلق من هذه الناحية وأنـ ألتقي بسلطان وجماعتـه في نفس المكان الذي كنت فيه معهم.. ذاك المكان (الكهف) الملعون والمظلم.

وبعد أن مشيت لمسافة بعيدة وصلت، كنت أمام الكهف. استقبلني ذاك الضخم الذي ضربني وطرحني أرضاً في المرة السابقة، كان يحمل في يده حطباً مشتعلاً لكي نرى المكان بكل وضوح. قال لي بصوته الغليظ والمخيف: أهلاً بك بين إخوتك.

وفي طريقنا إلى الداخل مع هذا الضخم الذي حتى لم أسأل عن اسمه لأنني لم أهتم، علق العامود المشتعل على الجدار لأن الممر الذي يوصلنا

إلى الداخل توجد به الكثير من الأعمدة الخشبية المشتعلة والمعلقة التي تساعدنا على الرؤية بوضوح في وسط هذه الظلمة.

الرجل كانت هيئته مختلفة عن المرة السابقة، كانت حدقتا عينيه العسـليتين ضيقتين وكأنهُ غائب ذهنياً أو منوم مغناطيسياً. مشيت معه إلى داخل الكهف فلاحظت أن الجميع كانوا يرتدون قلادة لعلامة النجمة الخماسـية وثوباً أبيض، ما عدا شـخصين كانا واقفين يرتديان ثوباً أحمر اللون، وفي منتصفهم كان العم سـلطان جالساً على عرشه ينتظرني وكان يرتدي ثوباً أحمر اللون كذلك. رحب بي ترحيباً حاراً وسـلم علي وهو بشوش الوجه وأخذني بالأحضان، تعجبت من تصرفه الشاذ اليوم، لطالما اعتدت على معاملته السطحية لي ولكن على أي حال فأنا لم أكترث.

- لماذا تأخرت يا إبراهيم؟

- لقد استغرقت وقتاً أطول قليلاً لأصل... الطريق عادةً في الليل يكون صعباً.

- المهم أنك وصلت بالسلامة.

- الله يسلمك.

- على أي حال، يجب أن نستعجل ليس لدينا وقت كافٍ. من المفترض أن ننهي هذه الجلسة قبل شروق الشمس.

بعدها طلب من أحد الرجال أن يحضر لي ثوباً أسـود اللون وقلادة النجمة الخماسـية لأرتديها كشرط الانضمام لهم، كنت أنا الوحيد من

بينهم مميزاً بردائي الأسود... لا أعلم ما سبب اختيار هذا اللون لي، ولكن قطع سلطان حبل أفكاري...

قال لي سـلطان مختصراً: مهما رأيت أو سمعت حاول أن تبقى يقظاً ومركزاً. الشيء الذي سيحدث أمامك الآن سيشعرك بالخوف والفزع، لكن هذا الأمر طبيعي لأنها المرة الأولى و لكنك ستعتاد على هذا, سترى الكثير منهم في المستقبل.

إبراهيم: من هم؟! و لمَ سأشعر بالخوف و الفزع؟ لماذا!!!؟

سـلطان: لا تقاطعني... دعني أوضح لك بعض الأمور المهمة... وبما أنك دخلت إلى هنا برجلك فأنت مخير بين واحد من الاثنين: الخيار الأول أن تموت والثاني.. أترى ذاك الحيوان المقيد في الزاوية؟...

إبراهيم وهو يبتلع لعابه من الخوف وقد بدأ يتأتئ: أأأأأ هذا أأأأأ هذا قطِّ!!

سلطان ابتسم: صحيح، قطٌ.........

وبدأ يتكلم ويتكلم ويشرح لي كيف سـأقدم هذا الحيوان المسكين كقربان إلى الشيطان......

سـلطان: لا تخف هذا القط لن يستطيع أن يهجم عليك أو يعضك لأنه خائف.

صاح إبراهيم: مستحيل لن أفعل ما تطلبه مني، أيها المريض كيف لي أن أقتل مخلوقاً ذا روح لا ذنب له! أنا إنسـان وضميري لا يسمح بفعل

هذه الجريمة الشـنيعة. إذا كان من شروط الزواج من هذه الفتاة التي تدعى ريفال أن أقتل حيواناً بريئاً، فأنا أنسحب. لا أريد الزواج بها، انْسَ أني أتيت إلى منزلك ذات يوم وطلبت يدها... انتهى الأمر، اعتبرني خارج هذه اللعبة.

قاطعة سـلطان بصوته الحاد: أنت أيها المراهق المغفل... من قال لك بأني مهتم بموضوع زواجك من ريفال، إبراهيم أنت مجبور أن تكمل الشيء الذي بدأت به، وإذا لم تنفذ سنجمع الأحطاب وسنشعل النار بك سنحرقك؛ ومن ثم سنضع جثتك في أحد الأماكن المعروفة في القرية حتى يشهد أهلها بأنك مت أبشع موتة.

إبراهيم وهو مصدوم وعينه أصبحت حمراء مـن الحزن والخوف: هذا يعني أنك كذبت علي... كنت تسـتطيع أن توافق على زواجي من ابنة أخيك، ولكنك رفضت لكي تجعلني شريكاً في ذنوبك.....

فجأة تذكرت تلك الفكرة شبه المستحيلة عن أني سـوف أنال منه لاحقاً. سـأحاول أن أقتله على غفلة بعد أن أجعل اقترابي منه محل ثقة، سلطان لم يترك لي مجالاً آخر. وهنا بدأت تلك الطقوس اللعينة:

بدأ الرجال يرسـمون دائرة كبيرة حولي، وكنت أنا جالساً بداخلها ماسـكاً بالقط من عنقه بيدي اليسرى وبيدي الأخرى أحمل خنجراً، أما سـلطان فكان واقفاً أمامي خارج الدائرة، ماسكاً بكتاب غريب الشكل مكتوب عليه كلمات وأحرف غريبة لم أفهمها.

وقف جميع الرجال حولي ووقف سلطان الذي كان مرتدياً اللون الأحمر أمامي. جميعهم كانوا واقفين خارج الدائرة المشؤومة التي رسموها حولي. هذا الحيوان البري المسكين الذي بين يدي يموء ويتحرك بشكل غريب ومخيف جداً كأنه يستنجد ولو كان يستطيع الكلام لتكلم. كنت متردداً بشأن ما سأفعله وأفكر في هذه اللحظة بالهروب... نعم لن أبقى في هذا المكان. كنت أفكر في أن أركض مهرولاً إلى عائلتي لأزلزل المنزل فوق رؤوسهم ليستيقظوا لكي نجمع أغراضنا بسرعة ونهرب بأرواحنا من هذه القرية الملعونة، ولكن جميعهم يحاصرونني من كل الاتجاهات.. كيف لي أن أستطيع تجاوزهم؟ كان علي أن أختار بين حياتي وبين حياة هذا القط المسكين الذي في قبضتي...

سلطان يقرأ من الكتاب الغريب الذي بين يديه بلغة لم أفهمها. أما الباقون فكانوا يتمتمون بكلمات حاولت أن أفهمها وفهمتها.. كانوا يرددون «احضر يا سيدي نحن في خدمة حضرتك» وهنا تغير كل شي أمام عيني، شعرت ببرودة شديدة في أطراف أصابع يدي ورجلي. بدأت تلك البرودة تتصاعد لدرجة أنني أصبت بالتبلد من شدتها، لاحظت أن الجميع ابيضت أعينهم وملامح وجوههم أصبحت مخيفة جدا أبعد ما يقال عنهم بشر. لم ألبث دقائق حتى وجدت نفسي رافعاً الخنجر بهدوء ثم أنزلته على رقبة القط المسكين الذي لم يتوقف عن المواء وبدأت أنحره على مهل وبكل وحشية وأنا اضحك بصوت عال، كأنني أسعد شخص في العالم وكأني ملكت كل شيء حولي.

فعلاً يا لها من أسباب تهيأت لكي أعيش هذه التجربة الحقيرة المخجلة والمقرفة المخزية، وهل من المفترض أن ألعن نفسي أم ألعن القدر الذي أتى بي إلى هذا المكان الموحش... هنا وفي هذا المشهد التي تجمعت به تراكمات البشاعة وأظهرتها بصورة محزنة ومؤلمة على هيئة مخلوق بريء يصارع من أجل البقاء حياً، ولكن نهايته مكتوبة وهي «الموت»، وأنا غارق في ممارسة تلك الطقوس البشعة بدأ يظهر دخان أو كيان ضخم تشكل على هيئة شيء لا أعلم إذا كان رجلاً أو امرأة، فهو مجهول الجنس له قرنان، شعره طويل جدا يصل إلى الأرض.. واقف تقريباً بعيداً عنا وفجأة حدث شيء جعل قلبي يقفز من مكانه، ولم يتوقف عن النبض، بعد أن عدت إلى وعيي وأدركت ما فعلت، خر الجميع بدون استثناء جميعهم ومعهم سلطان.. سقطوا مغشياً عليهم على الأرض لم يتبق أحد منهم غيري أنا والكائن الذي أمامي مد يده ينتظر أن أقدم له غنيمته.. خرجت من الدائرة وتخطيت أجساد الواقعين على الأرض وأعطيته الجثة.

أخذ هذا الكائن الغريب القربان ولم يتلفظ بأي كلمة، وفجأة تحول مثل العاصفة القوية واختفى في وسطها، العاصفة كانت محملة بالأتربة والأحجار الصغيرة التي بدأت تضربني حتى تشقق ثوبي الأسود وانجرح جسمي، ناهيك عن الأتربة التي دخلت في عيني. بدأت أصيح وأحك عيني وأدور حول نفسي كالمجنون محاولاً أن أجد مهرباً، ولكن لا فائدة لأنني علقت داخل هذا الإعصار المخيف.

سلطان: إبراهيم!!! يا إبراهيم استيقظ يا بني.. إبراهيم افتح عينيك.. استيقظ إبراهييييم!

فتـح إبراهيم عينه وقامر مفزوعاً وهو يتنفس بسرعة، قلبه كاد أن يتوقف من الخوف: أنا... يا سلطان لقد رأيته.. أنا

سلطان: اهدأ اهدأ.. لا بأس، أنا أعلم ما رأيته بالضبط....

بعد أن ارتويت من الماء قلت وأنا أتنفس بسرعة: رأيت مخلوقاً..

سلطان: له شعر طويل؟

إبراهيم: نعم ورأيت...

سلطان: واقف خارج الدائرة ينتظر غنيمته.

إبراهيم: وكيف لك أن تعلم بما رأيته؟

سـلطان يشرح ويقول: عندما كنت في عمرك أنا وكل الموجودين هنا شـاهدوا ما شاهدته اليوم... أنت يا إبراهيمر عندما نحرت القط داخل هذه الدائرة التي رسمها الشـباب لك بدأت تخرج منك أصوات غريبة، ضحكت بشـكل غريب وهستيري تغير صوتك وبدأت تتكلم بلغة حتى أنا لم أفهمها، وبعدها تشـكل حولك إعصار من قوتـه أغمِيَ عليك، أنا واثنان من الرجال حاولنا بكل قوتنا أن نسحبك خارج الدائرة، لأننا لو لم نخرجك منها، كانوا سيأخذونك وستختفي إلى الأبد!!

يكمل سـلطان حديثه وهو جالس على عرشه: إبراهيم، لقد أصبحت واحداً منا؛ من عائلتنـا. وهذه الطقوس تعتبر بصمة ولائك لهذه المجموعة.. أنت من الآن أخ لنا وشخص مقرب وعزيز علي. أنا فخور بك يا تلميذي..

التفت إلى الجميع موجهاً كلامه لي وللحاضرين: أما الآن فكلامي هذا سـيكون موجهاً للجميع هنا: وأي واحد منكم حاول أن يخون أو يخرج من مجموعتنا السرية أو يخبر عنا أئِمة المسـاجد سـيكون عقابه الحرق حتى الموت.

*****

وبعدما تفرقنا وذهب كل شـخص منـا في طريقه إلى منزله... نصفنا خرج والنصف الباقي والذين أغلبهم كانوا كبار السن بقوا في الكهف مع سلطان، وأنا في طريقي إلى المنزل كنت متعباً جداً، كنت أشعر بالخمول والتعب الشـديد وكأنني كنت حاملاً أحجاماً ثقيلة على ظهري لفترة طويلة من الزمن، شـعرت بأني لم أنم منذُ أيام، استوقفني شخص كان معي أثناء تأدية تلك الطقوس بابتسامة صفراء شاحبة.. لوح لي بيده بلطف وقال بصوت يشبه فحيح الأفعى: سلام.

التفـت إليه ورأيته بنظرة باردة جداً. كان أحدب الظهر قليلاً، هزيل الجسد، عيناه الكبيرتان تملأهـما الهالات السوداء قلت له: من أنت؟

قال: اسمي آدم... اممممم سمعت بأن اسمك إبراهيم...

سـكت قليلا ثم قال آدم: أنت رجل طيب القلب ونواياك بيضاء ولا تستحق ما حدث لك، أنا حزين من أجلك يا إبراهيم... الدخول في أمور الغيبيات أمر خطير جداً وتنتج عنه عواقب وخيمة... ما سـبب دخولك إلى عالم الظلام؟

إبراهيم يقول بحزن: لم أتوقع أني سأواجه هذه الأشياء الغريبة، ظننت أنها مزحة سـخيفة وسـتنتهي ولكن أدركت أن حياتي هي التي ستنتهي على ما يبدو، أنا مصدوم وحزين بسـبب الحالة التي دخلت بها!!!... لا أعلم ما الذي يحدث معي، أشعر بأني ضائع...

آدم: اممم متفهم وضعك... سأكون معك صريحاً، لن تأخذ شيئاً دونَ مقابل. لابد أنك ستدفع ثمنه الآن أو لاحقاً. حتى الهواء الذي تتنفسه ستدفع ثمنه، ههههههه أما بالنسبة لي فقد دفعت ثمن حياتي كلها بسبب فضولي... إبراهيم أنت الوحيد الذي أستطيع الوثوق به يا صديقي لأنك شخص بريء وأصغر شخص بيننا ولأنك عضو جديد في مجموعتنا وليس لديك أدنى فكرة عما يحدث معنا، هنا سـتواجه أشـياء صعبة وربما لن تتحملها، والنتيجة إما أن تنجح وتمتلك كل شيء وتعيش أجمل سـنوات حياتك أو ستخسر كل شيء، قلت لك إنها مسألة خطيرة جداً...

اقترب مني قليلاً، أمسـك يدي بكل لطف وهمس لي:... أنا وقبل أذان الفجر بقليل سـأهرب بعيداً عن هذه القرية، في هذا الوقت الذي سـيجتمع الناس للصلاة من المؤكد أنهم سينشغلون ولن يلاحظ أحد أني سأهرب ولن أرجع إلى هنا أبداً... يوجد عدة أشخاص تعرفت عليهم

مؤخراً ســألتقي بأحدهم عند الساحل هو سيساعدني وسنسافر من هنا بالسفينة عبر البحر... إبراهيم أرجوك اترك كل شيء وراءك وانجُ بحياتك قبل فوات الآوان، أنا سأساعدك، لا تقلق من هذه الناحية... ما زال هناك أمل أن نعيش ما تبقى من حياتنا في راحة وبعيداً عن المشــاكل سنطلب من الله العفو، وإن شاء الله سيغفر خطايانا، أنا ظنـي بالله لا يخيب ومن المؤكد أننا سننجو...

إبراهيم وملامحه تدل على شفقة ابتسم له: الأوضاع والظروف التي أنا بها الآن مختلفة لأني مســافر وغريب عن هذه القرية ولدي عائلتي أبي وأمي وأخي، وأيضاً قريباً ســنعود إلى الديار، أنا لا أستطيع أن أترك عائلتي وأذهب.. لا أستطيع أن أغترب، آدم أسرتك عليها أن تكون من أولوياتك ويجب أن تكون من العوامل المهمة والأساسية في حياتك...

آدم: الشيء الوحيد الذي أذكره في طفولتي هو... كان لديَّ عمر وفي يوم من الأيام وضعني عمي عند رجل غريب لا أعرفه كأمانة عنده، عمــي كان يعرف هذا الرجل، كان يعمل في جمع بقايا الحطب ويبيعها للناس، كان رجلاً بسيطاً جداً وطيباً ورحيم القلب، قضيت مع هذا الرجل ســنوات حياتي وكبرت على يده واعتبرني ابنه، كان أعزب وحيداً، لا أنكر أن أغلب الأيام نتعرض لشح الطعام بسبب الفقر ولكنه كان أفضل رجل عرفته في حياتي. وبعد موته بقيت وحدي كانت حياتي صعبة ولكنني استطعت أن أعيش بنفس طريقة معيشته بجمع الحطب وبيعه، أما بالنسبة لعمي الذي وضعني عند بياع الحطب لم يعد أبداً ولم أره مجدداً

ولا أعلم عنه شيئاً، لا أذكر شكل والدي ووالدتي ولا أعلم إذا كان لدي إخوة.. عشت سنوات طويلة وحيداً ولا أعلم ما معنى أن تكون لي عائلة، إلى أن أتى ذاك اليوم الذي تعرفت فيه على سلطان.. للأسف اعتبرته قدوة وتبعته حتى أتى اليوم الذي انقلبت به حياتي، استغل وضعي لمصلحته الشخصية فهو رجل يحب أن يكون متسلطاً... ولذا قررت أن أترك كل شيء ورائي وأنجو بروحي، وأرحل فلم أعد أتحمل ما أراه وأسمعه.. عموماً وصلنا.. أظن أن هذا هو منزلك.

إبراهيم: أتمنى من الله أن يوفقك ويسامحك ويساعدك.. أتمنى لك حياة سعيدة يا صديقي وأخي العزيز، في أمان الله يا آدم يجب عليك أن تسرع قبل أن يراك أحد....

ودعنا بعضنا بالأحضان... لا أعلم من هذا الرجل ولكنه طيب جداً، أتمنى أن يكون بخير.. شعرت وكأنني سأشتاق له ليتني تعرفت عليه منذ زمن طويل...

الحريق

السماء كانت مظلمة والشمس على وشك الطلوع. صلينا الفجر أنا وأبي في المنزل ولم نستطع أن نخرج اليوم لتأدية الصلاة في الجامع. إبراهيم لم يكن موجوداً هذه المرة.....

والد حمد: من المؤكد بأن إبراهيم سبقنا إلى المسجد، صحيح؟

حمد (يتنهد): نعم طبعاً... أبي سأخرج قليلاً لأستنشق الهواء الطلق، السماء مليئة بالغيوم وربما ستمطر اليوم، الجو جميل وسأذهب إلى البقالة لأشتري بعض الأغراض، لن أتأخر...

والد حمد: حفظك الله يا ابني البكر.

خرجت وما إن وضعت رجلي اليمين خارج عتبة باب البيت حتى رأيت إبراهيم واقفاً سانداً ظهره على الحائط، عابس الوجه حتى إنهُ لم يتجرأ أن يضع عينيه في عيني، لمر ألقِ السلام عليه، ولم أهتم لأمره.. أقفلت الباب وكدت أذهب، لكنه استوقفني.. وضع يده على كتفي وبدأ يحادثني.

إبراهيم (يشعر بالذنب): حمد يا أخي سامحني لقد أخطأت في حقك.

حمد (يتصنع الحزن والغضب من أخيه): لا أظن أن هناك شيئاً مهماً للحديث عنه...

إبراهيم: أشعر بالندم.. ليتني سمعت نصيحتك منذ البداية يا أخي...

حمد: إذاً ستقول لي كل شيء، ليس هناك مجال للكذب لأني أعلم أنك تخفي أمراً ما... ماذا حدث معك في ذاك اليوم؟

إبراهيـم (بحزن): ولماذا أخفي عنك أمراً ما يا حمد؟ أنت أخي الأكبر ولطالما كنت ألجأ إليك عندما أحتاجك، كل ما في الأمر أني لسـت مرتاحاً جسدياً ونفسياً.. لقد مرت علينا لحظات صعبة منذ أن أتينا إلى هذه القرية...

حمد: لقد حذرتك بالابتعاد عن هذا الرجل الذي اسمه سلطان، كنت دائماً تنكر وتزعم أن لا علاقة له بما حدث لك ومن ردة فعلك أحسست بأنك متورط... أمرتك بالابتعاد عنه وعن عائلته، ولكنك لم تصغ إليّ... اذهب واستمر في تعلم الفلاحة، أو تعال معي إلى الصيد... أنت ما زلت في عز شبابك، ابدأ حياتك بعيداً عن هذه الأمور غير المهمة وانس تلك الفتاة نهائياً...

إبراهيم: اسمها ريفال، هذه الفتاة لم أعد أهتم لأمرها أبداً، حمد أرجوك دعنا نجمع أغراضنا ونذهب من هنا، هل تذكر أنك أنت وأبي كنتـما مصممين على الرحيل؟ ماذا حدث الآن؟ هيا لنجمـع أغراضنا ونذهب في أسرع وقت، الآن هو الوقت المناسب للرحيل...

حمد (قاطعاً كلامه): إبراهيم... أنت لو لم تفتعل لنا كل هذه المشاكل لكنا ذهبنا منذ زمن، أما الآن فلا نستطيع الذهاب لأن والدي متعب

واضطررنا أن نصلي في المنزل، ~جله تؤلمه كثيراً ولا يستطيع الوقوف عليها، هو الآن جالس في المجلس ويسأل عنك. اذهب إليه وتفقد أحواله فهو ينتظرك...

ذهبت إلى والدي ورأيته مستلقياً على ظهره و~جله ملفوفة بقطعة من القماش... عندما شاهدني وأنا داخل ابتسم لي، هرولت وقبّلت رأسه، ثم ســألت عن أحواله فقال لـي إن أوجاعه طابت قليلاً ويحتاج فترة لكي يرتاح وترجع له صحته وعافيته، في هذا اليوم جلسـت مع والدي وقضيت اليوم كله معه ومع حمد.....

******

في اليوم التالي، كالعادة تجمع الضيوف في بيتنا لتأدية الواجب وزيارة أبي المريض، ســلطان كان من الحاضرين وبعد أن ذهب الضيوف نادى سلطان بابتسامة غامضة: إبراهيم من فضلك أريد أن أتحدث معك، هلّا أتيت معي قليلاً؟

ابتعدنا عن المنزل عدة أمتار.....

ســلطان (بتهكم): أهنئك على صديقـك الجديد الذي هو من أعضاء مجموعتنا يا إبراهيم، صحيح كدتُ أنسى.. الليلة الماضية كنت أنت وصديقـك الأحدب عائدين إلى منزلكما معاً وأصابني الفضول؛ أردت أن أعلم ماذا قال لك آدم؟ ما الحديث الذي دار بينكما؟

إبراهيم: هذا الأمر لا يخصك، من الأفضل أن تهتم بأمورك ولا تتدخل في أشياء لا تعنيك، لست مضطراً أن أبرر لرجل كهل ومجنون مثلك يا سلطان.

سلطان يمسح على لحيته بيده بكل ثقة وتحدٍ وهو يضحك: صديقك اليوم كان سيهرب بعد صلاة الفجر ولكنه فشل في الهروب، رجالي أمسكوا به قبل هروبه من الساحل.. كان سيسافر ويهرب بالسفينة...

إبراهيم (مذهولاً): لا هذا مستحيل!!!

سلطان: من الواضح أنكما لا تسمعان الكلام... أنتما يا إبراهيم شخصان متمردان ولن أترك آدم دون عقاب، أنا أعلم أنه كان يخطط للهروب منذ زمن؛ ولذلك وضعت بعض الجواسيس لكي يراقبوه منذ زمن طويل، وآدم عرض عليك أن تسافر معه أيضاً ولكن خطتكما فشلت...

إبراهيم (يترجى): اسمع يا سلطان دعه يذهب أرجوك، آدم رجل طيب مسكين ويتيم، دعه يسافر ويرحل ليعيش ما تبقى من عمره في راحة وسكينة....

سلطان: لا وجود للراحة والسكينة لكل الذين يقدمون ولاءهم لجماعتنا ثم يكسرون ولاءهم، فات الأوان وخرج السهم من القوس يا بني، اليوم وبعد غروب الشمس وعندما يكون الناس نياماً ستجتمع أعضاء مجموعتنا وجميعهم سيكونون متواجدين في أكبر مزرعة لي عند الوادي، لنحرق آدم وهو حي مقيد في ضلع شجرة، سنطهر ذنوبنا

وخطايانا منه لأنه خالف عقيدتنا. وأردت أن أقول لك بأن وجودك أيضاً سيكون مهماً، إذا أردت أن تشاهد هذا الحدث العظيم...

إبراهيم: عن أي عقيدة تتكلم يا ظالم ؟؟ وهل قتل شخص بريء يجعل منك طاهراً من ذنوك وخطاياك؟؟ صدقني لن تفلت دون عقاب، سيأتي يوم وسيجازيك الله على أفعالك!!!.

باءت كل محاولاتي بالفشل في إقناعه بأن يعفو عن آدم. لم يكن لدي وسيلة غير البحث عنه لكي أحذره وأنقذ روحه من الموت، ولكني تذكرت أنهم أمسكوا به. يجب علي أن أساعده قبل أن يحدث له مكروه حتى لو كلف إنقاذي له حياتي، استأذنت أهلي بالخروج ولكن لأول مرة والدي رفض طلبي، وقال لي بوجود حمد: بني أنا آمرك أن تبقى اليوم في المنـزل أو على الأقل قريباً منـه أو حوله، ولا تذهب بعيداً، وجودك هنا مهم وخصوصاً أن ألم ركبتي يشتد علي ما بين الحين والآخر، ولا أستطيع الوقوف على رجلي وأخشى أن هذه العصا التي أستند عليها لا تجدي نفعاً وأحتاج فترة أطول لكي أعتاد عليها، وكما تعلمون يا أبنائي أنا رجل اعتدت أن أصلي في المسجد، وأردت منكم أن تساعدوني بارك الله في حياتكم...

قلت له إن شاء الله وأنا خائف، أفكر في آدم، نبضات قلبي تتضارب كالمطرقة من شدة الخوف والغضب، خرجت مسرعاً، ابتعدت عن المنزل قليلاً لمحت شخصين يمشيان.

إبراهيم بصوت عالٍ ومتوتر: يا شباب يا شباب... أرجوكم توقفوا... هل رأيتم آدم اليوم؟

الأول: آدم؟.... من آدم؟ لا يا أخي، لا نعرفه.

إبراهيم (يتنفس بسرعة وهو يتكلم): شخص نحيف الجسد وظهره منحنٍ تقريباً كالقوس!!

الأول: لا لم نره... لماذا؟ هل أردت شيئاً؟ أتريد أن نبحث عنه معك؟ إذا أردت المساعدة فنحن في الخدمة.

الثاني: نعم نعم صحيح تذكرته ذاك النحيف، رجل طيب ومسكين في حال سبيله، أنا والله لا أعرفه معرفة شخصية ولكني أذكره كان يصلي معنا التراويح في المسجد، في رمضان من السنة الماضية.. لا يا أخي لم نره. ثم ذهبا....

شعرت ببرود في أطراف أصابع يدي ورجلي، تكومنت على نفسي جالساً بجانب باب المنزل صامت وغير مدرك اللحظات المتراكمة التي عشتها لفترة قصيرة من الزمن...

***

حمد: أبي ألم أقل لك بأن إبراهيم هذا لن يتأدب، انظر إنه غير موجود...

أبو حمد وإبراهيم مبتسماً: لا..لا تقلق لقد أخبرته بأن لا يذهب

بعيداً عن هنا... ربما ستجده يتسامر مع أحد رفاقة... أنا لا ألومه يا
حمد، هذه القرية ساحرة للناظرين من شدة جمال طبيعتها، وإبراهيم
فتىً فضولي يحب أن يستكشف الأماكن هنا ويتعرف على أهلها.

حمد: ما حال ركبتك الآن؟ بماذا تشعر؟

أبو حمد: أفضل بكثير ولكن أحتاج المزيد من الوقت لكي أعتاد على
هذه العصا... (تنهد قليلا وقال:) مرت السنوات وكبرنا في العمر يا بني
ولم تعد صحتنا كسابق عهدها، هذه هي سنة الحياة.

حمد: أطال الله في عمركم ورزقكم بالصحة والعافية.

أبو حمد: بارك الله فيك...

حمد يقول ضاحكاً: أتذكر عندما كنا أطفالاً، كنت تحملني على
ظهرك وإبراهيم في ذاك الوقت كان طفلاً وفي كل مرة أخرج فيها معك
كان إبراهيم يغار مني بصفتي الأخ الأكبر، كان الأصغر والمدلل بيننا.. كنا
بالنسبة له كالأزهار التي أخذ منها رحيقها.. أخذ منها الحب والرحمة
والعلم حتى.....

وصمتنا فجأة أنا ووالدي. تغيرت ملامحنا إلى الخوف والهلع...

حمد (مذعوراً): والدي؟؟؟ما هذا الصوت؟؟؟

أبو حمد: قم قم قم قم اركض بسرعة هيا نخرج.. ماذا حدث؟ سلامٌ قولاً
من رب رحيم!!!!!

ركضت مسرعاً إلى الخارج تفاجأت مـما رأيته.. صخب أهل القرية عالٍ جداً، صراخ وبكاء الأطفال ونواح النساء وضجيج الرجال يتراكضون من كل حدب وصوب، المشـهد أمامي مرعب جـداً كأننا نعيش أهوال القيامة، الناس مفزوعون وهناك أصوات صرخات رجال يستغيثون وكأنهم يتعذبون... أمسـكت رجلاً كان يركض حاملاً قدراً (يستعمل للطبخ) فارغاً، صرخت عليه لكي يستطيع سماع صوتي فالأصوات المختلفة والمخيفة كانت صاخبة ومتداخلة في بعضهـا... قلت له: ما الذي يحدث يا رجل؟

صاح الرجل وتحدث بشـكل مفزع: هناك مزرعة في قريتنا تحترق، وأحرقت معها ربع مساحة القرية، النار لم تترك شيئاً إلا وأكلته، هناك الكثير من الناس يموتون، و إذا لم نتدارك هذه المشكلة ستصل النيران إلى بيوت الناس وباقي المزارع.. هيا خذ قدراً يوجد نهر قريب من هنا؛ هيا ساعدنا سنطفئ الحريق...

والدي كان واقفاً عند باب البيت مستنداً على عصاه وسمع الحوار الذي دار بيني وبين الرجل...

أبو حمد: هيا يا ابني، لا تتأخر...

كدت أركض وأسـاعد الناس في إخماد تلك الكارثة التي هلت علينا، إلا أنني وفي أقل من الثانية لمحت إبراهيم جالساً عند الباب وضعه لم

يعجبني نهائياً، وكأنه في عالمٍ آخر ليس معنا، كان شارداً وغائباً ذهنياً وجسدياً، لم يكن واعياً للكارثة والضجيج العالي من أهل القرية.

أمسكته بكلتا يدي وقبضت على كتفيْ أخي، بدأتُ أناديه بصوت عالٍ: إبراهيم! إبراهيم!

لم أنتظر أكثر لأنني صفعته على وجهه بقوة حتى عاد لوعيه....

إبراهيم مفزوعاً: ماذا..ماذا.. هل.. ماذا يحدث؟

حمد: القرية تحترق والمزارع تُدمر وإذا لم نفعل شيئاً حصاد الناس ومحاصيلهم الزراعية ستندثر!!!

إبراهيم وحمد ركضا بسرعة نحو النيران لإخمادها... في هذه اللحظة التقيا بخلفان صديقهم والكثير من أصدقائهم ورجال أهل القرية. الجميع كانوا متواجدين. وفي هذا الموقف البطولي جميعهم كانــوا يقاومون المصاعب مهما كانت مؤلمة ومخيفة ومهما كانت مميتة وقاسية، فالعزيمة والإصرار والإيمان بأن الله بإرادته سيغير القدر... جميعهم متماسكون كاليد الواحدة، يحاولون إخماد النيران التي تتصاعد بشكل مخيف.

إبراهيم كان يطفئ النيران ويركض كالمجنون وخلفه أخوه الأكبر، يتقدم إلى داخل المزرعة، وكلما اقترب يســمع صرخات أناس يتعذبون ويستغيثون ولكنها صرخات مألوفة جداً.

إبراهيم عندما تقدم رأى منظراً تقشعر منه الأبدان... صاح إبراهيم من هول المنظر: آدم!!!...

جثــة آدم متفحمة لم يتبقّ شيء من ملامحه أبداً، كانت جثته مرمية على الأرض، أدرك إبراهيم أن هذه الجثة هي جثة صديقه من هيئته وظهره المنحني...

لأول مرة بكى إبراهيمر كالأطفال... أسرع أخوه حمد إليه وأمســكه وضمه إلى حضنه، وتكوموا في مكان واحد لأن النيران بدأت تحاصرهمر من جميع الاتجاهات، كاد إبراهيم أن يحترق لأنه دخل بين تلك النيران دون أن يشــعر بنفسه، ولكن لحسن الحظ تداركك حمد الأمر وأمسكه بسرعة.

إبراهيم في حضن حمد يبكي كالأطفال: كان من المفترض أن أكون مكانه.. أنا السبب في كل شيء.. آدمر مات بسببي أنا... كمر أنا شخص أحمق يا حمد... أنا أعتذر.. سامحني سامحني يا آدم...

حمد كان ممسكاً بإبراهيم بين ذراعيه كالذي يحمل طفلاً في حضنه، كانا جالسين على ركبتيهما.. لمر يفهم حمد أي كلمة مما قال إبراهيمر .. كان متفاجئاً من ردة فعله وبكائه، لم يسأله عن سبب بكائه وعن جثمان الرجل الغريب الذي مؤخراً عرف أن اسمه آدم..

وبعد العديد من المحاولات الشــاقة لإخماد الحريق الذي استمر

لساعات حتى بزوغ الشمس،كان أهل القرية منهكين، ولكنهم استطاعوا أن يخمدوها قبل وصول النيران إلى البيوت... وفي منتصف القرية تواجد وفد كبير من الرجال في اجتماع طارئ جداً يتناقشون عن الأحداث الأخيرة قال أحدهم بصوت غليظ وغاضب: ما هو السبب الذي أدى إلى احتراق المزرعة الكبيرة، مزرعة من فيكم؟

ليرد الآخر: هذه مزرعة تخص العم سلطان، يوجد بها العديد من النخيل والآبار... المسكين أعانه الله وعوّضه لقد دُمرت المزرعة بأكملها...

(بعصبية): ولكن ما هو السبب!؟ من الطبيعي أن المزرعة لن تحترق من العدم.

- بسبب هذه الحادثة استنتجت أن في هذا المكان يوجد العديد من الحطب المندثر وأعتقد أن هناك شخصاً نجح في إحداث الحريق متعمداً...

- حسناً... ربما لم يحدث شيء مما تقوله.. ربما كانت حادثة لم يدبرها أحد وأعتقد أن شيئاً ما احترق عن طريق الخطأ فاحترقت المزرعة بأكملها ولم يستطع الرجال أن يطفئوا الحريق فاحترقوا وماتوا جميعهم.

- كم شخصاً مات ؟

- ....

- قلت كم خسرنا من الناس؟؟

- قدر الله وما شـاء فعـــل، لقد خرجنا من هذه المصيبـة بثمانية وعشرين جثة!!!

- رحمهم الله.

- لا حول ولا قوة إلا بالله، أعان الله عائلاتهم.

فزع الناس من هول مناظر الجثث المخيفة التي تقشعر لها الأبدان....
إبراهيم غاضباً بعينين ثائرتين: أين سلطان ؟؟ أي جثة من الجثث هنا جثة سلطان؟؟

- سلطان هو الوحيد من بينهم الذي بقي على قيد الحياة حتى الآن... رأيته كان يتألم ويصرخ بطريقـة مرعبة ومحزنة جعلتني أشفق عليه، النار كانت ممسكة بجسمه ووجهه لدرجة أن لحم وجهه انصهر وتساقط من شدة حرارة النار واختفت ملامحه، أنا مندهش ومذهول، بسبب ما حدث له كان من المفترض أن يموت، لا أعلم كيف استطاع أن يتحمل هذا العذاب طوال تلك المدة!!!... استطعت أن أطفئ النار التي كانت ممسكة به أنا وشخص كان معي هنا جزاه الله خيراً وبعدها ذهبنا به إلى منزله، وضعناه هناك ومن ثم أسرعنا إلى هنا مجدداً...

- نعم صحيح...ذهبنا إلى بيته واستقبلتنا ابنته أو أخته لا أعلم من تكون، ولكن الرجل حالته صعبة جداً لأول مرة أرى سلطان بهذه الحالة مكسـوراً ومتألماً كان يبكي كالأطفال... إلى الآن صوت أنينه يرن في رأسي...

إبراهيـم لم ينتظر أكثر لأنه انصرف مسرعاً متجهاً إلى بيت سـلطان كسرعة الطوفان المميت والمدمر، فالغضب أغشى عينه، ثم تبعه حمد أخوه...

سوء العاقبة

في منزل سلطان، ريفال كانت ممسكة بعمها من ملابسه بعنف وذل... سلطان وضعه غريب جداً وكأنه ثَمِل لم يستطع أن يتحكم في جسمه. ضعفت قواه الجسدية والنفسية... ناهيك عن منظره البشع، اختفت ملامحه البشرية تماماً وأصبح مسخاً مخيفاً...

ريفال: القهار يمهل ولا يهمل. أنا لست حزينة على حالك، سحقاً لك يا سلطان!!!

وفجأة بدون أي مقدمات سمعت ريفال صوت الباب وهو يُكسر وأصوات رجال داهموا البيت... سارعت ريفال لارتداء حجابها وابتعدت عن سلطان وظلت واقفة منتظرة دخول أحدهم إلى المجلس لكي يروا سلطان وعيناها تلمعان بشرارة من الغضب.....

إبراهيم (غاضباً): سلطااااان أين أنت؟؟؟!!!

حمد: إبراهيم تمهل قليلاً أرجوك.. انتظر دعنا نفهم أولاً ما...

لم يستطع أن يكمل كلامه لأنه تَبِعَ أخاه إلى المجلس الذي كان يجلس به سلطان دائماً... دخلوا إلى المجلس ولم يتحمل حمد منظر سلطان خرج مسرعاً، وبدأ يتقيأ من منظره المقرف، المفجع والمخيف، وجهه مشوه وفمه ممتلئ بالدم المتجلط، بدا وكأن نصف رأسه المحروق أصبح شبه أصلع ولم يتبق منه إلا شعيرات خفيفة متناثرة بشكل عشوائي على رأسه بشكل مخيف، كانت ملامح وجهه لم تعد لها أي صلة بملامح الإنسان العادي.

عندما دخل إبراهيم نظر إلى ريفال نظرةً سريعةً باردة... دخل حمد بعدها ماسكاً فمه براحة يده متقززاً مما رآه...

ولأول مرة صفع إبراهيم سـلطان على وجهه فجعله يصرخ باكياً من الألم... وفي هذه اللحظة أمسك حمد إبراهيم من يده...

حمد: لا يستحق أن توسخ يدك به.

إبراهيم يضحك بطريقة شريرة: نعم يا حمد أنت محق... ما رأيك أن نربط عنقه ومن ثم نقوم بسلخ جلده النتن المحروق كما ينسلخ جلد الأضحية في العيد، ربما هذا أهون عذاب سيحصل عليه...

ريفال والدموع تملأ عينها كادت أن تخرج من المجلس وتذهب إلى غرفتها ولكن أوقف سلطان ريفال...

سـلطان يبكي متألماً ويحاول أن يتحدث ولكن بصعوبة: ريفال... انتظـري لا تذهبي، هناك ما يجب علي الاعتراف به، أرجوكم... ريفال، إبراهيم، حمد جميعكم لديكم الحق في قتلي، أعترف بأني شـخص حقير ولديّ من صفات النذالة أقبحها وكل أنواع الخباثة الشيطانية تنطبق علي... يا ريفال هناك جانب من حياتك مجهول وأنا أعترف بأني أخفيت أموراً كثيرة عنك من سـنوات طويلة، ولا أحد يعلم بها، وأنت لا تعلمين بها... ريفال حياتك كانت مجرد كذبة، لقد كذبت عليكم جميعاً....

إبراهيم كاد ينهال عليه بالضرب ولكن حمد أوقفه: إبراهيم انتظر قليلاً لنرى ماذا سيقول...

حمد (بحدة): هيا تكلم، قل ما عندك!!!.....

سلطان وهو متعب يقول: قبل أكثر من 15 سنة وقبل ولادة ريفال، كنت في العقد الثاني من العمر كنت في عز شبابي وفي ذاك الوقت تعرضت قريتنا للاستعمار من دولة متحضرة جداً، وكانت لديها تقنيات عجزت عن أن أفهمها..

(لن أذكر اسم أي دولة لأنها قصة من وحي الخيال وليس لها أي صلة بالواقع)

تلك الدولة استعمرتنا لفترة زمنية مدتها سنة وثمانية أشهر تقريباً... كان لدي أخ أكبر مني بسنتين وهو أقرب الناس وأحب الناس إلى أمي، كان محبوباً من الجميع وسيرته حسنة على كل لسان، طيب القلب ويحب مساعدة الجميع بدون استثناء، متواضع ورحيم، هذا الشاب كان والد ريفال... في السنة التي استعمرتنا فيها هذه الدولة كنا نحن وكبار رجال القرية في مفاوضات مع الجيش وضابط من الضباط المترجمين كان يتناقش مع رجال القرية. ومن ضمن الرجال المتواجدين كان والدك يا ريفال حاضر من بينهم... السبب الأساسي لاستعمار قريتنا و كما تعلمون أن قريتنا عبارة عن منطقة ضخمة فيها من الخيرات والنعم التي لا تحصى ولا تعد...

قريتنا تعتبر من عجائب الدنيا لأنها تعتبر من أهم المناطق السياحية وبسبب وفرة المياه العذبة بكميات كبيرة، المسافرون ورعاة الغنم كانوا دائماً يأتون إلى قريتنا من أجل أن يرعوا مواشيهم ومن أجل التجارة أيضاً،

وأغلبهم كانوا من البدو مثلكم تماماً أنتم يا أبناء أخي حمد وإبراهيم، ناهيكم عن المناطق الزراعية التي بها كل ما لذ وطاب ولكن السر لا يكمن هنا، بل السر والسبب الأساسي للاستعمار هو المناخ البيولوجي للجبال والتضاريس وأن هذه الجبال تحتوي على أنواع مختلفة من المعادن منها الذهب والجرانيت. الذهب والجرانيت من أهم العناصر الأساسية التي يعتمد عليها البشر في حياتهم، وهذا هو السبب الذي جعل تلك الدولة تطمع في ثروات القرية كالتحف القديمة والحضارات القديمة المدفونة منذ آلاف السنين، التي اكتشفوها لاحقاً أثناء حفرهم، فالجرانيت مادة تستخرج من الجبال لأعمال البناء. هذه المواد لها عدة طرق وخطوات لاستخراجها ومنها استخدام متفجرات معينة للوصول لأعمق نقطة في الجبال أو تستخدم الآلات الكهربائية للحفر...الذهب والجرانيت من أهم عناصر ازدهار الاقتصاد تجارياً وسياحياً وأيضاً سياسياً...

وأثناء هذه المفاوضات التي حدثت قديماً، كانت لهم شروط ومن ضمنها أن يستخرجوا هذه المعادن لهدف التجارة ولكن تجارة هذه المواد باستخدام عملتهم، وأيضاً تكون هذه الأرض الطيبة تحت سيطرتهم بالكامل مقابل أن نكون تحت حمايتهم وبناء مدارس للتعليم وتبادل الثقافات والديانات بيننا ونتعرف على عاداتهم وهم أيضاً يتعرفون على عاداتنا وتقاليدنا و أسلوب حياتنا... حتى وهم مستعمرون كانوا من أشد المعجبين بحضارتنا العريقة وبحسن كرمنا وضيافتنا... في هذه اللحظة كانت ابنة أحد الضباط مع والدها في قريتنا، وبعد مناقشات حادة مع

والدها وبعد أخذ تصريح يسمح لها بالقدوم، وافق والدها أخيراً أن تأتي معه. وسبب إصرارها على الحضور لأنها كانت فتاة جامعية متخصصة في علم الآثار، فتاة طموحها يناطح السحب، مخلصة في دراستها وعملها، أتت إلى هنا لتقوم بدراسات وأبحاث تخص مشروعها. وأثناء قيامها بدراساتها المعتادة وتعرفها على تاريخ قريتنا وأسلوب حياة الناس هنا من نساء وأطفال ورجال، تعرفت بالصدفة على شاب اسمه شاهين.

ريفال: رحمة الله على والدي، وما علاقة أبي بهذه الفتاة!!!

سلطان بحزن عميق وندم يكمل: تمهلي يا ابنتي سأعترف لكِ... وبعدما تعرفت على أسرتنا بدأت تعجب بطريقة تعاملنا الراقي، وبدأت تندمج معنا بالتدريج، وأخذت من العلوم الإسلامية الكثير وغيرها وكان هـذا الشيء بحد ذاته لا يعجب والدها، وفي كثير من الأحيان كانت هي ووالدها يتشـاجران، كانت هذه الفتاة عنيدة جداً وشجاعة. جدتكِ يا ريفال أعجبت بها واعتبرتها ابنتها بسـبب أنها ليس لديها غيري أنا وشاهين، أهل القرية كانوا يلقبونها بالفتاة البشوشة لشدة جمالها ورقة وبراءة ابتسـامتها. كانت جميلة وسـاحرة للعيون لن أنكر أنني أحببتها بجنون... طمعت بحبها وأخفيت حبي لها بيني وبين نفسي...

... يا من دفنت روحها في قلبي...

... وغَرَزَت جذور الحب في أعماقي حتى أُثمرت...

... يا من جَعَلت من ضحكاتها بساتين من الورد في حياتي...

... كانت جنة الدنيا على الأرض... كانت نسمة الربيع...

... كانت في عيني مثل اللوحة.. كانعكاس السماء الزرقاء على البحار...

... كانت هي النور بحد ذاتها...

وجاء اليوم الذي قررت أن أصارح والدتي لكي أتزوج من هذه الفتاة، متأكداً من أنها ستفرح بهذا الخبر لأن والدتي تُحبها كثيراً وتعتبرها كابنتها... وأنا في طريقي للعودة إلى البيت كنت في قمة سعادتي. ذهبت إلى والدتي قبلت رأسها وأمسكنا بأيدي بعضنا ونحن مبتسمان وفرحان، ووجهنا يشع نوراً وسعادة.

سلطان: أمي يا حبيبتي.. بإذن الله سنسمع أخباراً تسر خواطرنا...

أم سلطان مبتسمة: الله يرزقنا من حظوظ الدنيا أجملها... أنا يا حبيبي لا أريد من هذه الدنيا غير سعادتكم أريد الاطمئنان عليك أنت وشاهين قبل أن يأخذ الله أمانته وأرحل من الدنيا...

سلطان يقبل يد ورأس والدته: أطال الله في عمركِ يا أمي نحن ليس لنا قيمة من دونكِ.. حفظكِ الله...

وقبل أن أكمل كلامي سبقتني والدتي: لدي لك يا سلطان أخبار جيدة عن أخيك شاهين!

سلطان (ضحك باستهزاء): شاهين؟ ماذا به؟ ماذا فعل من المصائب هذه المرة؟؟

أم سلطان وشاهين: لا يا عزيزي, شاهين سيتزوج من هذه الفتاة التي تلقب بـ... اممم آه صحيح الفتاة البشوشة، وأنا لكي أكون صريحة معك وافقت على هذا الزواج لأنها فتاة طيبة وأخلاقها عالية ومثقفة، متأكدة من أن رجل مثل شاهين سيكون مناسباً لها وهي كذلك أنا متأكدة...

وهنا تغير كل شيء.. شعرت كأن جميع حواسي قد توقفت على تلك الجملة التي خرجت من فم أمي، ابتسمت لها ابتسامة باهتة جداً لا تنبض بالحياة ابتسامة شاحبة وباردة...

سلطان بكل برود وخيبة أمل: حظاً موفقاً له.

تمكن مني الحزن حتى استولى على جسدي، فلم تعد لي أي سلطة على نفسي، ذاك الحزن الذي سرعان ما استوطن روحي... لم تمر فترة طويلة فقد تزوج شاهين الفتاة، ورزقهما الله بطفلة... ولكن قبل زواجهما بفترة حدثت مشادات كلامية حادة ومشاجرة كبيرة بين الفتاة البشوشة ووالدها لأنه رفض أن تتزوج...

البنت البشوشة (بعصبية): لقد أحببت ذاك الشاب المدعو شاهين، فهو رجل طيب وشهم ولن أغير موقفي أبداً، يجب أن تستسلم للأمر الواقع سوف نتزوج... أبي! أنا بنفسي تعرفت على عائلته... إنها عائلة محبوبة ومسالمة... ألست أنا ابنتك الوحيدة؟ فلماذا تقف ضدي وضد سعادتي؟؟

الجنرال وهو يحتسي الشراب ويدخن سيجارته: اسمعي أيتها الشقراء البلهاء المدللة.. لقد قطعت نفسي لأشلاء لأقدم لك كل شيء. أنا مستعد لأن أقتل وأحرق وأحارب من أجل أن أوفر لك سبل الراحة، والدتك اللعينة تركتنا وذهبت، ولا أريدك أن تذهبي وتتركيني أهكذا تردين لي الجميل؟!! أنا والدك وأنا عائلتك الوحيدة وهؤلاء الناس مجرد حمقى لا يفقهون شيئاً، لقد خيبتِ ظني...

البنت البشوشة: أبي!

الجنرال: لا تقاطعيني... سوف تنسينه... لن تتزوجي من ذاك الرجل.. أتسمعينني؟؟

البنت البشوشة: إذن أنت اسمعني جيداً... سأرحل كما رحلت والدتي وأتركك تعيش سنوات عمرك وحيداً... لن ترى وجهه ابنتك إلى الأبد.

سلطان يكمل: الفتاة البشوشة التي تزوجها أخي شاهين هي نفسها والدتك...

جلست ريفال على ركبتيها من الصدمة...

سلطان يبكي بذل: سامحيني يا ريفال سامحيني... والدتكِ هي التي أطلقت عليكِ هذا الاسمِ الغريب ووالدك رحمه الله لم يعترض على اسم ريفال... والدكِ يا ريفال كان كالشمس ينير طريقكِ، كان يلازمك كظلكِ.. كان نعم الأب والأم والأخ والسند، كان كنجوم السماء في عتمة لياليكِ وكالغيم الذي يمطركِ فرحاً وأماناً، لم يشعرك بغياب والدتك ولو

للحظــة... وفي يوم من الأيامِ أتتنا أخبار بأن الجيش ســيتحرك للخروج مــن أرضنا وقريتنا، ومن أحد المصادر المعروفة وصلتني معلومات بأنهم نقضــوا جميع الشروط والعهود التي بيننا وبينهمِ وتراجعوا عن غاية وجودهم هنا، وبالعكس هذا الأمر كان من صالحنا نحن وسبب ذلك أن حكومة دولتهم كانت تعاني من الإفلاس والضرائب الكبيرة التي جعلت الشــعب يعاني من الفقر، وبدأوا يثورون على حكومة دولتهم وبسبب هذا الاستعمار خسروا البلايين والبلايين....

وفي يوم الرحيل قُدِّرَ لعصافير الحب أن يفترقوا... وقبــل رحيلهم بساعات والدك كان ممسكاً يد والدتك قائلاً:

... وعندما اشتد حبي إليك فارقتني كَرهاً...

... يا عابراً كالحلم من عالمي إلى أين ذاهبٌ...

... لطالما عيناك تجهشان بالبكاء ولكنك دائماً صامتٌ...

... ولطالما القدر وعدني ببقائك والقدر دوماً كاذبٌ...

... يا روحاً أحببتهُ في عمق جسدٍ فانٍ...

... قد ساقك الله لي كسقيا ضوء القمر في الظلامِ...

... كسقيا المطر على أوراق النباتِ...

... والشمس ترسل قبلاتها من فوق أطراف السحابِ...

... ترسلها إلى جباهنا بالشعاعِ...

... وأراك تقفز في حجرات قلبي مبتهجاً...

... تقفز ما بين البطين الأيمن والأيسرِ...

ليت القدر لم يفرقنا يا أم ريفال، يا أغلى اثنتين في حياتي، أنتِ وابنتنا الصغيرة... لماذا ترحلان وتتركاني وحيداً؟

أم ريفال: وليت عقارب الساعة توقفت عند أول لقاء بيننا.

شاهين: وليت العمر من غير رؤية عينيك الجميلتين فانٍ ...يا حبيبتي يا أم ريفال، لدي طلب أنا أعلم أنه صعب عليكِ ولكني أشعر أني وحيد وليس لـدي أحد. أنتما عائلتي الصغيرة والوحيدة لا تحرميني من ابنتي لا تأخذيها وترحلي.. أنا رجل مجروح.

أم ريفال: أشعر كأن قلبي يتمزق.. ابنتي لم يتعدّ عمرها سبعة أشهر والآن نحن مجبوران أن ننفصل... شاهين أنت تعلم بحالتي... والدي لم يتقبل حفيدته ولا يريد الاعتراف بها كجزء من عائلتنا بسبب كرهه لك. وهذا الشيء لا أسـتطيع أن أنكره أو إخفاؤه... أنا خائفة على ريفال من الرجوع لدولتي. سـيكون ذلك صعباً وخطـراً على حياتها، إنها طفلة لن تتحمل كل هذه المسافات.

شاهين: لدي أمل كبير بأنك ستعودين إلى هنا وسيجمعنا القدرُ في يوم ما، صدقيني ستتحسـن أحوالنا وسننجبـــ أطفالاً وسنرى أحفادنا وستعيش أسرتنا بسعادة لسنوات طويلة، ولكن إلى أن تتحسن علاقتك مع والدك وعائلتك، أرجوكِ أريد ابنتي تعيش معي سـتكون بأمان هنا

بجانبي أرجوكِ يا عزيزتي، أعدكِ بأنها ستكون أمانة في رقبتي، مستعد أن أحميها بكل جوارحي هذا وعد يا أم ريفال...

وبعد أن وافقت أن تترك ابنتها عند شاهين، ودّعا بعضهما بالأحضان. وفي هـذه اللحظة كنت أحمل تلـك الفتاة الصغيرة التي ببراءتها تضحك معي و لا تدرك ما يجري حولها. تمسك بيدها الصغيرة أنفي تارةً وتارةً أخرى تضع رأسها الصغير على كتفي، ثم ترفعه لكي تشد انتباهي وألعب معها بكل براءة... تعلق قلبي ببنت أخي. بدأت ألعب معها وأهتم بها، وفي بعض الأحيان وأغلب الأوقات أطلب من شاهين أن أقضي أيامي معها، عاملتها كابنتي لقد أحببتها كثيراً... كبرت تلك فتاة الصغيرة أمام عيني وأصبح عمرها يناهز الخامسة.

يكمل سلطان كلامه: لطالما شاهين كان له أمل كبير في رجوع زوجته، كان يشـاركني أحاسيسـه تجاهها وكيف أغلب الأوقات يجلس في نفس المكان الذي كانا يجلسان به فوق أحد التلال بجانب الشلال الموجود يتأملان القمر والنجوم، لم يفقد الأمل أبداً ولكن في يوم من الأيام المشمسة وقعت حادثه مؤلمة ومخزية، وجدت جثة شاهين مرمية بشكل بشع في أحد الوديان بجانب بركة مياه صغيرة في قريتنا، رأسـه مهشم لدرجة أن تلك البركة تغير لونها إلى اللون الأحمر من النزيف الحاد.

ريفـال تصـيح على عمها بعصبية: القرية كلها تعرف بموت أبي، ما هو الجديد في الأمر؟؟؟

سلطان: والدك مات غدراً... الأنانية والحقد والغيرة المكبوتة بي جعلتني أكيد لـه مكيده عظيمة، قتلته بيدي وبدم بارد، الجميع صدق أن والدك وقع من أحد الجبال واصطدم رأسه بأحد الصخور الكبيرة و الحـادة، ثم تدحرجت جثته إلى تلك البركة، واعتبر الجميع أن موته كان قضاء وقدراً، لكنني قتلته والسـبب هـو أن أخي ليس هو الوحيد الذي كان ينتظـر رجوع والدتك، بل أنا أيضاً كنت في انتظارها، كانت لدي أهداف ونوايا خبيثة. والخطوة الأولى هي أن أتظاهر بالحزن على موت شاهين... مشـينا نحن وأهل القرية في جنازته، جميع الناس كانوا حزاني على موته وعلى حالي. الرجال كانوا يواسونني على حزني من فقدان أخي، ولكن كل شيء فعلته كانت مجرد تمثيلية وتمهيداً للخطة التي سـأنفذها في المستقبل، لقد كبرت على يدي وأنا أخذت مكان والدك وإلى أن تعود والدتك وأقنعها بأنها ترتبط بي ونعيش نحن الثلاثة كعائلة سعيدة، ولكن مرت السنوات ولم تعد والدتك وأنا لم أستطع أن أكون لك أباً مثالياً لأنني فشلت.

حمد (أسنانه تصطك ببعضها من الغضب): يا ملعون أنت... يستحيل أن تكون آدمياً أنت شيطان...

إبراهيم كان صامتاً وغاضباً، حزيناً ومذهولاً بسـبب ما سمعه... سـلطان بدأ يقول وهو يسعل ويضحك ببشاعة في آن واحد: الخلاصة... ها قد اقترب الموت مني عاجلاً أم أجلاً سأرحل، وفي أي لحظة عزرائيل سيمزق روحي من جسدي وأنا مدرك أن ليس لي مفر من المكان المنتظر

وهو مقعدي من النار، أنا أتعذب الآن. بيني وبين الجحيم شعرة، أما بالنسبة إليك يا إبراهيم، استعد للأيام والسنوات القادمة التي لن تمر عليك مرور الكرام، الخوف والتعب والكوابيس لن تفارق عينك، هذه اللعنة سيتوارثها أبناؤك وأحفادك... أنا يا إبراهيم خدعتك.. لقد جعلتك تبيع روحك للشيطان... ريفال من الآن لك، اعتبرها زوجتك!!

عم الصمت، لم يتحدث فينا أحد ونحن ننظر إلى بعضنا ووجوهنا تملأها الدهشة والغضب. أما ريفال المسكينة فكانت تعابير وجهها كأن أحداً لطمها على وجهها...

فجأة سمعنا صياح رجال ونساء خارج البيت، ينادون لكي يتأكدوا إن كان سلطان قد مات أو ما زال حياً، ومن بينهم والدي.. كان واقفاً مستنداً على عصاه.

ريفال حركت رأسها بحزم آمرة أبراهيم وحمد: أنتما اخرجا ودعوني مع عمي... اذهبا واستقبلا الناس في الخارج...

ركضنا أنا وحمد إلى باب البيت، الباب كانَ مفتوحاً، رأينا الناس مجتمعين عند الباب، ومن ضمن الناس هناك سيدة تدعى فاطمة كبيرة في السن، تلك السيدة كانت قريبة جداً من ريفال منذ أن كانت طفلة.

أبو إبراهيم وحمد (حزين على سلطان وخائف على أبنائه): أبنائي هل أنتم بخير؟ هل تضررتم!!!؟

حمد: الحمد لله نحن بخير يا أبي لم نصب بأي جروح أو حروق، لم يحدث لنا أي مكروه.

أبو إبراهيم وحمد: إذاً أين سلطان؟ نريد الاطمئنان على حاله...

قال واحد منهم: إبراهيم وحمد لو سمحتما نريد الدخول لكي نطمئن على سلطان... إذا كانت هناك أي فتاة في المنزل فليست هناك مشكلة، سننتظر لفترة قصيرة....

السيدة فاطمة: أنا ذاهبة للاطمئنان على ابنتي ريفال اسمحوا لي يا أبنائي.

حمد: تفضلي يا خالتي الفتاة مستترة، وسلطان موجود في المجلس نعم أكيد تفضلوا...

إبراهيم (بصوت عال ومنفعل): لم يمت حتى الآن، لم يمت.. لقد أكلته النار حتى تحول مسخاً وجعلته يشبه كل شيء إلا الإنسان، ولكنه ما زال على قيد الحياة!!!

دخلت السيدة فاطمة عند ريفال وكالعادة ضمتها وقبلتها: الحمد لله أنك بخير يا بنتي...

تعابير وجه ريفال لم تكن تدل على أنها خائفة ولم تكن حزينة، لكن الأشد الغرابة أنها كانت تتصرف بمنتهى البرود، مبتسمة ابتسامة طفيفة لم يلاحظها أحد غيري... فجأة صاح أحد الرجال قائلاً: لا حول ولا قوة إلا بالله. إنا لله وإنا إليه راجعون. سلطان أعطاكم عمره..

حمد: مات!!! نحن كنا عنده قبل قليل ولم يكن ميتاً.

ريفال: عمي كان يحتضر ومات بحادثة قضاء وقدر!

التفتنــا أنا وحمد إلى ريفال في نفس اللحظة ثم نظرنــا إلى بعضنا بصمت، ولم يتجرأ أحد منا على أن ينطق بكلمة.....

***

وهكذا اكتملت أعدادهم جميعاً، ولم يتبق أحد منهم حياً، كانوا 28 شخصاً والآن أصبحوا 29، ولم يستطع أحد منهم النجاة من الموت، أهالي القرية كانوا في حالة صدمة واستغراب، لأن أعداد الجثث كانت كبيرة.. منهــم من فقدوا أبناءهم ومنهم من فقدوا آباءهم وإخوانهم، جميعهم لقوا مصرعهم في آنٍ واحد... قبل تشييع الجنائز بادرت وأمسكت أخي حمد على انفراد...

إبراهيم: حمد يجب علي إخبارك بكل شيء وربما هذا الأمر سيجعلك تتبرأ مني إلى الأبد، ولكن هذا لا يهمني لأنني سأقوله. لا أستطيع أن أبقى صامتاً بعد الآن، أشــعر وكأن روحي ستخرج من جسدي من شدة الاختناق والضيق, ضميري يؤنبني...

حمد(مستهزئاً): وهل الآن أحسست بأن لديك ضميراً يا متخلف؟

إبراهيــم: إنها غلطة فادحة يا أخي. إنها كارثة كبيرة، هذا ليس عدلاً، أهل القرية لا يعلمون بالأمر وأبي كذلك!!!

حمد: ما الأمر؟؟

إبراهيم (يفرك يده بتوتر ويمسح عرق جبينه): أمممم بصراحة.....

حمد (بعصبية وحزم): تكلم.

إبراهيــم: لا تجوز الصلاة عليهم لا تجوز، عليهم أن يتوقفوا في الحال والآن، هذه الصلاة لا تُقبل...

حمد: ولكن لماذا!!!؟؟

إبراهيم: لأنهم.. لأنهم كانوا جماعة من عبدة الشيطان!!

حمد كاد ينفجر من الغضب ولكنه تمالك أعصابه، أمسك بذراع إبراهيم بقبضته القوية واقترب إلى أذنهُ هامســاً: ليس الآن يا إبراهيمٍ، ستصمت وبعد الانتهاء من تشييع الجنائز ستعترف لي بكل شيء، أما الآن ستتصرف وكأنك لا تعلم عن سبب هذه الحادثة...

وبعد صلاة الظهر تحديداً صلينا جميعنا خلف إمام القرية صلاة الجنازة على 29 شــخصاً، أثناء الصلاة كنا أنا وعائلتي في أواخر الصفوف تقريباً... في عصرنا ســابقاً لم تكن هناك أي نوع من المكبرات الصوتية.. لا توجد أي وسـيلة من الوسـائل التقنيات الحديثة لأن الكهرباء في تلك الفترة لم تكن متوفرة، ولكن صوت خشوع الإمام كان ملفتاً لدرجة أننا لم نسمعه بآذاننا بل كانت عقولنا وقلوبنا خاشعة لله، مصغيةً لتلاوته القرآنية العذبة التي تتدفق إلى مسـامعنا، كالغيث الذي أمطر قلبي بدفء.. شـعرت بالانتماء والاسترخاء والحب العميق الخالص لوجه الله. إنه «الخشــوع». شدتني آية قالها الإمام ولم أنس هذا اليوم أبداً حيث

قال الله تعالى: ﴿ وَاتَّبَعُوا مَا تَتْلُو الشَّيَاطِينُ عَلَىٰ مُلْكِ سُلَيْمَانَ وَمَا كَفَرَ سُلَيْمَانُ وَلَٰكِنَّ الشَّيَاطِينَ كَفَرُوا يُعَلِّمُونَ النَّاسَ السِّحْرَ وَمَا أُنزِلَ عَلَى الْمَلَكَيْنِ بِبَابِلَ هَارُوتَ وَمَارُوتَ وَمَا يُعَلِّمَانِ مِنْ أَحَدٍ حَتَّىٰ يَقُولَا إِنَّمَا نَحْنُ فِتْنَةٌ فَلَا تَكْفُرْ فَيَتَعَلَّمُونَ مِنْهُمَا مَا يُفَرِّقُونَ بِهِ بَيْنَ الْمَرْءِ وَزَوْجِهِ وَمَا هُم بِضَارِّينَ بِهِ مِنْ أَحَدٍ إِلَّا بِإِذْنِ اللَّهِ وَيَتَعَلَّمُونَ مَا يَضُرُّهُمْ وَلَا يَنفَعُهُمْ وَلَقَدْ عَلِمُوا لَمَنِ اشْتَرَاهُ مَا لَهُ فِي الْآخِرَةِ مِنْ خَلَاقٍ وَلَبِئْسَ مَا شَرَوْا بِهِ أَنفُسَهُمْ لَوْ كَانُوا يَعْلَمُونَ ﴾ [1].

أثناء قيامهم بمراسم العزاء... ابتعدنا أنا وحمد عن الأنظار. أما بالنسبة لأبي فقد بقي مع الرجال لكي يقوموا بالواجب، حيث الناس تجتمع ليقدموا الضيافة للجميع وللتخفيف عن أحزانهم فتتزاور الأهالي عند بعضهم لأيام لمساعدتهم والوقوف إلى جانبهم، هكذا كان الناس قديماً.. الجيران كانوا كالعائلة، كانوا يجتمعون في جميع المناسبات.. الجيران والبيوت المتجاورة يعرفون بعضهم البعض....

ابتعدنا عن الأنظار وبدأت أسرد له قصتي بالتفصيل قلت له بأني أخذت الموضوع بتهاون واستهزاء، ولم أتوقع أن الأمر سيكون صعباً علينا وستنقلب حظوظنا للأسوأ، وأخبرته عن الحقيقة المرة التي واجهتها.... توقعت من حمد أن يتأثر ويقدم لي نصائحه مثل كل مرة بحكم أنه الأخ الأكبر والناصح، ولكن بحركة غير متوقعة منه، لطمني حمد على وجهي بقوة لدرجة أنني أحسست وكأن الأرض تدور حولي.. شعرت

<hr>

(1)   سورة البقرة آية (102)

بالغثيان والدوار.. سال الدم من أنفي واتسخت ملابسي بالدماء والتراب، لأني وقعـت واصطدم وجهي بالأرض بعد تلك الضربة... لم يكتف حمد من ذلك بل أمسـكني من ملابسي ورفعني وبدأ يضرب ظهري بالنخلة التـي خلفي بكل قوته عدة مرات بضربات كادت تكسر رأسي وعمودي الفقري..،

حمد: يا أحمق يا مغفل أتدري ما المفترض أن أفعل بك الآن؟ سأحفر قبرك بيدي وأرميك داخله، سأدفنك وأنت حي... لماذا فعلت هذا ؟؟ أتعلـم لو والدي لم يمنعك تلـك الليلة من الخروج من المنزل، كنت الآن ميتاً محترقاً....

إبراهيم يتكلم بصعوبة بسبب ألم أنفه: كنت سأساعد صديقي آدم...

حمد قاطع كلام إبراهيم: آدم يسـتحق الموت لأنه بدلاً من أن يرضى بما قسـمه الله له، اختار أن يعصيه فهو استحق الموت حرقاً، هذا عقاب من الله على أفعالكم السوداء....

إبراهيم: إذن يجب علي أن أموت أنا أيضاً وأعدادنا ستكتمل إلى 30، شيوخ الدين وأئمة المساجد يجب أن يعرفوا عن كل شيء.. أنا أخطأت وعقابي يجب أن يكون القصاص...

هدأ حمد قليلاً ثم قال: إبراهيم... اجعل هذا السر يموت ويندفن مع الزمن وخذ عبرة من هذه القصة وابدأ صفحة جديدة من حياتك، عليك أن تطلب التوبة من الله.

الماضي يُطِل

مــرت الأيام وريفال أصبحت زوجتي، انتهت جميع مخاوفنا وانتهى الخــوف والألم وانتهت الكوابيس، والآن حان موعد الرحيل والخروج من تلك القرية التي أيامها لا توصف من غرابتها، وقــد أشرقت صفحات حياتنا من جديد وأُحرقت القديمة بلا خوف ولا ألم ولا فراق ولا موت ولا شر، بداية حياة جديدة خالية من المتاعب ودعنا أصدقاءنا وأحبابنا ثم ذهبنا... هذا اليوم كان مفرحاً جداً أثناء طريقنا إلى العودة.....

والد إبراهيم مبتسماً يمشي بعصاه: توكلنا على الحي الذي لا يموت... أنا كان لي ولدان والآن أصبح لدي ثلاثة بوجود ابنتي ريفال... أتمنى من الله أن يجعل أيامنا في خير وسعادة.

حمد: أهلاً بكِ بين عائلتنا يا زوجة أخي...

ريفال: شكراً لكم هذا يسـعدني كثيراً.. إنه لشرف كبير لي أن أكون زوجة إبراهيم وأن أكون من هذه العائلة.

أبو إبراهيم: أنتِ ابنتي وإبراهيم شريك حياتك وحمد أخوكم الكبير، وإن شاء الله ستتعرفين على عائلتنا أم حمد وأخواتها.

إبراهيم كان شـارداً ذهنياً وصامتاً... ريفال ضربته ضربة خفيفة بحركة غير ملحوظة، لكي ينتبه، ثم همست له: ماذا بك يا إبراهيم!!! أرجوك ركز قليلاً هل نسيت أن والدك لا يعلم عما عشته مع عمي أم ماذا؟؟ حاول على الأقل نسيان الماضي.

إبراهيم يهمس لها: لا أستطيع يا ريفال ولكني سأحاول... هناك سؤال ينقر في رأسي كالمطرقة أتمنى منكِ أن تجاوبي على سؤالي؟

ريفال: تفضل، اسأل.

إبراهيم: سلطان... هل أنتِ من قتلتِه؟

كان السؤال كالصاعقة التي ضربت رأسها. ردت عليه بكل عصبية: كيف تتجرأ وتحادثني بهذه الطريقة اللئيمة؟ هلـــ جننت؟! يبدو أن تأثرك بهذه السخافات جعلك تفقد عقلك!!!

إبراهيم: أنا آسف آسف يا حبيبتي، ولكن أنتِ تعلمين ما مررنا به نحن الاثنان من ظروف صعبة وتعلمين أننا...

ريفال قاطعت إبراهيم: مات سلطان وأخذ ما يستحقه وموته كان قضاء وقدراً، والجزاء من جنس العمل. أما بالنسبة لي فأنا لا علاقة لي بموته أبداً...

****

وإلى الآن عشنا حياة سعيدة طبيعية مستقرة، كل شيء كان طبيعياً. مرت السنوات وتطورت جميع الوسائل المعيشية، تطور العمران وظهرت التكنولوجيا سريعاً، وأصبحنا من العصور الحديثة المثقفة والمتطورة، حيث ظهر الأطباء والمهندسون ورواد الفضاء ورجال ونساء الأعمال.

في ليلة من الليالي الجميلة حيث السماء كانت صافية والقمر بدراً والنجوم المضيئة المنتشرة تزين السماء.. كنت أنا وريفال تحت ضوء

القمر على طاولة عشاء لشخصين وشموع متناثرة على أرجاء شاطئ البحر، وهناك فرقة موسيقية تعزف بالبيانو والكمان و غيرها من الآلات الموسيقية، كنا أنا وحبيبتي نرقص رقصة التانغو كالفراشات التي تحلق فوق بساتين من الورود.. كانت جميلة بفستانها الأسود وخصلات شعرها التي تتطاير وتضرب خدي أثناء دورانها كقطرات المطر التي تهل على وجه فقير لتغيثه بالفرح بعد العناء من الجفاف. وبعدما جلسنا مقابلين بعضنا مبتسمين ونحن نتناول العشاء.....

إبراهيم: عزيزتي يا ترى ماذا يفعل سالم الآن؟

ريفال (تتنهد وهي مبتسمة): طفلي الصغير... كان اليوم هو اليوم الأول له في الروضة وكان متعباً كثيراً. أعطيته قبلة وقلت له قصة ما قبل النوم.

فجأة تحولت تلك الابتسامة التي على وجهها إلى العبوس...

إبراهيم ابتسم لها: ماذا هناك يا ريفال؟؟ إذا أردتِ أن نعود إلى المنزل من أجل سالم فلا بأس، ليست هناك أي مشكلة، المرة القادمة سنخرج مع سالم ابننا، وسيكون ذلك بشكل عائلي...

ريفال تركت الشوكة والسكين بجانب الصحن، وأخذت المحارم البيضاء لترسم بشفتيها عليها و التي تركت آثار حمرتها على المحارم ثم قالت: إبراهيم لم أعد أتحمل هذا الوضع أبداً، وفي الحقيقة لا أستطيع أن أتصرف وأتغاضى عن أمور غريبة في حياتنا وكأنها لا تحدث... أنا

ومنذ ولادة ابننا سالم لم أشعر بالراحة، سالم يتصرف تصرفات غريبة وغير مفهومة في أغلب الأحيان، لطالما كنت أقول لنفسي إنها مجرد أوهام وتخيلات، ولكن الأمر خرج عن السيطرة.....

إبراهيم يبتسم بغرابة ويحدق بها: حسناً يريفال ما هي المشكلة بالضبط؟؟؟ وما هي النقطة الرئيسية في الموضوع؟؟ أظن أنكِ تبالغين، جميع الأطفال بدون استثناء يتصرفون ويفعلون أشياء غريبة بشكل عفوي لأنهم أطفال أبرياء وهذه طبيعتهم ... وأتمنى أن لا تعطي هذه الأشياء أكبر من حجمها لأنها مجرد خيالات وأرجوكِ الآن ليس هو الوقت المناسب لتفتحي معي هذه المواضيع....

ريفال: بل إنه الوقت المناسب يا إبراهيم... من الطبيعي أنك لا تهتم بهذه المواضيع لأنك تقضي أغلب أوقاتك في العمل، وتتركنا أنا وسالم وحيدين في تلك الفيلا... أنا أعلم ما مررنا به، ولست أبالغ.. انتظر أريد أن أريك شيئاً...

أخرجت أوراقاً من حقيبة اليد الخاصة بها بعصبية ويداها ترتجفان رجفة خفيفة وأكملت: انظر انظر بعينك ماذا يرسم سالم....

أخذت منها الأوراق وليتني لم أرها.. اقشعر جسدي من شدة الخوف: مممم... مستحيل!

عينا ريفال كانتا تلمعان من الخوف: بمن تذكرك هذه الشخصية التي رسمها؟

إبراهيم: أنت مجنونة... كيف لكِ أن تقولي لطفل لا يفقه في شيء عن حياتنا السابقة؟... (ثم صرخ في وجهها بكل عصبية): لماذا فعلتِ هذا يا ريفال؟؟؟

ريفال وقفت وضربت الطاولة بكل عصبية، توقفت الفرقة الموسيقية عن العزف، ثم طلب منهم إبراهيم بحركة من يده أن ينصرفوا... وبدأت ريفال وإبراهيم بالشجار.

ريفال: ولماذا أقول لـه عن الماضي الأليم؟ ولماذا تلومني على أفعالك السـيئة أنا وابني كنا ضحايا غبائك يا إبراهيم.. لو لم تستمع إلى عمي سلطان لكنا الآن سنعيش بسعادة وسلام، ولن نعيش في دوامة من الكوابيس المزعجة.....

- اسـمعيني جيداً... أنا لو لم أكن موجوداً في حياتك أنت فلن يكون لك وجود... أنا الذي أنقذتكِ من عمكِ الظالم. عليكِ أن تفهمي أن مصيريْنا نحن الاثنين مرتبطان ببعضها.... وبدلاً من أن تشكريني على ما فعلته لأجلك، تلومينني!!! هذه الكوابيس والأمور التافهة التـي تتفوهين بها انتهت منذ زمن طويل مع موت عمك، انتهت جميع هذه الخرافات التي أثرت على عقلك... يستحيل لطفل عمره خمس سـنوات أن يعلم ما مررنا به... ريفال أرجوك.. إنه مجرد طفل....

- (هزت رأسـها يميناً ويساراً بحركة النفي وقالت): أنا لست مجنونة وأعلم ما مررنا به، وهذه ليست حجه لكي أشكرك.. يجب أن تدرك أنها غلطة فادحة وجريمة في حق نفسك وعائلتك...

هدآ هما الاثنان وبدآ يتناقشان بجدية وبشكل أقل حدة.

ريفال أمسكت بذراع إبراهيم وقالت بهدوء: اسـمعني يا عزيزي، أتمنى أن ترمي هذا الغشاء الذي أعمى عينيك الجميلتين وتبصر الحقيقـة... نحن الآن نعيش في صراع كبير بين عائلتنا الصغيرة وشيء ما مجهول يجب علينا أن نحاربه ونعالج هذا الأمر المزعج قبل أن يتطور... هل تظن أننا سنعيش مرتاحين ومتغاضين عما حدث؟... هل تظن أن كل مخاوفنا انتهت؟؟ مهـما ابتعدنا وفتحنا صفحات جديدة من حياتنا ستبقى آثار ندبات الماضي تلاحقنا أينما ذهبنا يا إبراهيم...

إبراهيـم يكابر وكأنه لا يريد أن يصدق تلـك الحقيقة المخيفة، قال بتوتر وعصبية وهو رافع أحد حواجبه واضعاً كلتا يديه خلف ظهره، وبصـوت منخفض: احملي حقيبتك وارتدي عباءتـك، نحن عائدان إلى البيت.

كنت أقود سيارتي السوداء متجهاً إلى المنزل، وريفال بجانبي تقضم أظافرها وتشـاهد من النافذة التي على يمينها، وكلانا كنا صامتين، لا يتحدث أحد منا إلى الآخر... وفجأة شاهدنا هذا المنظر الغريب جداً مع اقترابنا من المنزل...

ريفال تشـير بإصبعها: لماذا كهرباء الفيلا مطفية!!؟ هـــل أطفأت الكهرباء قبل خروجنا؟؟

إبراهيم: لا، لماذا سـأفعل ذلك؟ ولكن لماذا كهرباء المنازل مفتوحة ومنزلنا الوحيد هو المظلم؟؟؟

وفي نفس اللحظة قالا: سااالم !!

أسرع الأب إلى المنزل ونزلا من السيارة، ثم ركضت ريفال لتفتح باب الصالـون لترى هذا المنظر الغريب أمامها: المنزل من الداخل كان مظلماً وكأنه فجوة عميقة من الظلام الدامس، الـذي مهما حاولت أن تبعث الضوء وتنير المكان فإن الظلام سيبتلعه...

ريفال وإبراهيم تسـمرا في مكانهما ينظران إلى بعضهما وهما متفاجئان... فجأة سمعا صراخ طفل يستنجد من الطابق العلوي..

ومع صرخة ريفال بصوت عالٍ تنادي على سالم رجعت الكهرباء، لم ينتظرا لأنهما ركضا بسرعة إلى الطابق العلوي حيث غرفة سـالم.. فتحت ريفال باب غرفته بقوة لتجده نائماً كالملاك... جلسنا أنا وريفال على طرف سرير سالم، كنت صامتاً وخائفاً. أما ريفال فبدأت تتفقّد ابنها لتتأكد من سلامته...

ريفال (باستياء): هل فهمت الآن ما أقصده؟؟...

أمسـكت الأوراق التي رسـم بها ابني أتمعن بها وقلت: سأحرمه من الرسم و من هذه اللحظة. لن أدعه يمسك الألوان ويرسم...

ريفال: لا... هذا ليس الحل.. دع سـالم يرسم كما يحلو له لأن هذه الرسمات قد تفيدنا.

ثم أشارت بيدها على الرسمة لتكمل كلامها: انظر هنا... هذه الرسمة كأنه رجل مسـخ أو محروق، وباللون الأحمر. هنا مرسوم على فمه.. وجهه مخيف ورأسه شبه أصلع وكأن أحداً ما مزق شعر رأسه... هل تعلم ما معناها؟ وبمن تذكرك هذه الرسمات؟؟

إبراهيم كانَ خائفاً ويمسـح رأسه وعنقه، كان متعرقاً ومرعوباً: عمك سلطان قبل أن يموت بساعات...

ريفال: توقعاتي صحيحة وأنت اليوم الشاهد على هذه الحادثة. علينا أن نواجه هذا الشيء ولا نتهرب... أتذكر عندما قال لنا «اسـتعد للأيام والسنين التي لن تمر عليك إلا وأنت تتعذب، الخوف والتعب والكوابيس لن تفارق عينك، هذه اللعنة سـيتوارثها أبناؤك وأحفـادك»؟ علينا أن نكـون حذرين يا إبراهيم .... يجب أن نحصن منزلنا بالأذكار والقرآن الكريم قبل فوات الأوان..

****

لم تتوقف هذه القصة التي عشتها عند هذا الحد، بل تطورت يا بني إلى منحدر خطير جداً.... أمسكت يد ابني سالم بكل حنان ودفء وحب، وكل ما أوتيت من ألم الاشتياق، لأكمل له حقيقتي التي رسمها لي القدر بدمائي ولطخها على أجساد أبرياء وضحايا، ومنهم ابني البكر سالم.....

إبراهيم يقول: مرت أسابيع وكثرت المشاكل بيني وبين والدتك المسكينة، وفي يوم من الأيام، في ليلة من الليالي الرعدية الممطرة والمظلمة، وقعت حادثة في حياتي كلها لم أتخيل أنها ستقع من غرابتها، حادثة ولا في الخيال... المنزل كان مظلماً وكنا نائمين بعمق إلى أن فتحت عيني فجأة، استيقظت بسبب صوت الرعد الذي كانَ قوياً. وفي هذه الليلة لم أستطع النوم، خرجت من الغرفة ونزلت إلى الطابق السفلي وجلست في الصالون... كنت أشعر بصداع وألم في رأسي. كانت هناك جرة زجاجية مملوءة بالماء وكأس، ولم أستطع التحرك إلى الحمام لأغسل وجهي لأنني كنت أشعر بالدوار؛ لذا حاولت أن أملأ الكأس بالماء وأشربه وأغسل به وجهي، كنت متعباً كثيراً وأشعر بالدوار، لم ألبث إلا ثوانيَ وسمعت أصوات ضحكات نساء وامرأة تنادي باسمي.. أصواتهن كانت قادمة من غرفة الجلوس المقابلة للصالون الذي كنت جالساً فيه... مشيت بترنح من التعب (بمعنى أتمايل من السكر أو المرض) تقدمت خطوات نحو الهلاك المجهول.. فتحت الباب وإذا بي أرى نساء كثيرات، جميعهن يرتدين فساتين سوداء تشبه فستان زوجتي، الذي كانت ترتديه في حفلة العشاء في الليلة الماضية. النساء اللواتي رأيتهن كنّ يضحكن ويتحدثن بلغة لم أفهمها، ومع دخولي إلى المجلس صمتن جميعهن ينظرن إليَّ بنظرة غامضة مع ابتسامة ساخرة... بدأت أحك عينيَّ لعلي أتوهّم، ولكن وقفت إحداهن وتقدمت إليّ، وغرست أظافرها الطويلة والحادة بوجهي حتى خدشت جبهتي وخدي الأيمن وهي مبتسمةٌ، وبدأت تدور حولي بطريقة غريبة.

إبراهيم (يشعر بدوار وكأنه ثمل): من أنتِ؟؟...

- أنا صوت ضميرك، أنا ظلك، أنا خيالك الذي يلازمك مع كل شـهيق تسحبه إلى رئتيك، أنا التي أمشي في عروق قلبك وعقلك، ومن دوني أنت لا قيمة لك، أنا شمس حياتك والسفينة التي تنقذك في كل مرة من الغرق، أنا المعجزة التي تجعلك تنجو من جحيم الدنيا لأخلدك إلى جنات لم يتصورها عقلك ولم ترها عينك يا إبراهيم...

- من أين عرفتِ اسمي؟؟

- أعرفك منذ زمن طوووويل يا إبراهيم ... نعـم رأيتك أنت وعائلتك عندما دخلتم إلى قريتنا قبل سـنوات... أممممم أنا مندهشة لأنك لا تتذكرني... لقد حاولت مرات عديدة أن أحميك منهم ولكنك شـخص عنيد.. لماذا لا تريد أن تفهم ؟؟!!!! جميعهم والذين من حولك لا يحبونك.

قالت بنبرة مصطنعة مشفقة: أعلم أنك تتعذب ولكن انظر إلى زوجتـك.. هي لم تكن تحبك أبداً. لقد وافقت أن تتزوجك فقط لأنها تريد التخلص من عمها مقابل أن تكون ضحية في يد هذا الشخص... لقد خدعوك يا عزيزي...

جلست على ركبتي ممسكاً برأسي أبكي كالطفل، ثم توقفت تلك الغريبة أمامي من الدوران حولي....

إبراهيم: لا تتحدثي عن أم ابني بهذه الطريقة، أنا لا أسمح لكِ بهذا...

التفتت تلك المرأة إلى النساء الجالسات وقالت: هل سمعتن ما قال ذاك المسكين؟

وبعدها بـدأت قهقاتهن تتعالى علي، ثم قالت إحداهن وكان صوتها كصوت امرأة كبيرة في العمر: ريفال وعمها «قتّالين قتلى»، وإذا لم تقتلها سيقتلونك ويشربون من دمك...

إبراهيم يجهش بالبكاء وهو جالس على ركبتيه: لقد دمروا لي حياتي... لم أستطع أن انام باطمئنان ولو ليلة واحدة بسببهن... ريفال هي السبب في كل شيء... سآخذ منها أغلى ما تملك...

أخذتني خطواتي إلى المطبخ وأخذت سـكيناً كبيراً وحـاداً، بعدها توجهت إلى غرفة نومي، وأنت كنت نائماً بجوار والدتـك.. كنت نائماً كالملاك.. صعدت فوق السرير ببطء وبحذر، وجلست فوق معدتك ورفعت يدي لأنهي حياتك، إلا أن والدتك فتحت عينيها فجأة.

سالم بكل براءة: بابا؟

ريفال تصرخ مرعوبة: إبراهييييمممممم!!!

أمسكت يدي وقالت: يا حقير، يا قذر.. ستقتل ابننا!!!!

أنت يا سالم كنت خائفاً تبكي... أمسكتُ يدها ورأسها، ثم ضربتُ رأسها بطرف الطاولة الصغيرة التي بجانب السرير حتى انجرح رأسها، ولكنها بدأت تقاوم واستطاعت أن تحمل الأبجورة التي بجانبنا وضربتني

على رأسي بها، ثم أسرعت لتسحبك وتهرب، ولكنني سبقتها وسحبتك من ذراعك بالقوة ورميتك على الأرض، ثم قبضت على كتف ريفال بالقوة، وهي تقاوم وتضربني، ولكنها لم تستطع لأنني رميتها خارج الغرفة وأقفلت الباب... ريفال كانت تصرخ وتبكي تتوسل إليّ، ولكنني لم أهتم، ذهبت لأكمل ما أتيت لأجله... أنت لم تستطع أن تفعل شيئاً غير البكاء... تقدمت إليك وأنا مبتسم ابتسامة إبليس، رفعت السكين لكي أغرسها فيك، ولكن سمعت صوت أذان الفجر.. ضاقت حدقة عيني من الخوف والذهول، رميت السكين من يدي، واستعدت وعيي.. قمت من مكاني وأنا أرتجف مبتعداً عنك.....

سالم يكمل عن والده: ركضت لأفتح الباب وقفزت إلى حضن أمي.. ضممتها بقوة، كنت أبكي من الخوف وفي تلك الليلة كان رأس أمي ينزف دماً. وأما أنت فنصف وجهك كان مجروحاً... أذكر تلك الحادثة عندما تهجمت علينا أنا ووالدتي، ولكنني لا أذكر أنني رسمت مثل هذه الأشياء الغريبة التي أخبرتني عنها وعن عمر والدتي، لم أكن أعرف عن هذه الحقيقة السوداء وعن سبب انفصالكما... لقد ظننت أنها مجرد مشاكل عائلية عادية تحصل في كل عائلة، أنت ووالدتي انفصلتما بعد هذه الحادثة.....

إبراهيم: والدتك لم تتحمل البقاء معي بعد تلك الحادثة، لقد قررنا أن ننفصل حفاظاً على حياتك، والدتك أرادت أن تحميك.

الخاتمة

كنا أنا وأبي جالسين في السيارة، يفصل بيننا وبين المشفى شارع، الجو عادةً يكون بارداً في منتصف الليل، أضواء الشوارع كانت خافتة والشارع كانَ خالياً من السيارات، والضباب بدأ يتكاثر وينتشر حول أرجاء الأماكن شيئاً فشيئاً... أبي كان مطأطئ الرأس بحزن وندم...

سالم (يعاتب والده): بعد واحد وثلاثين سنة يا أبي... بعد سنوات طويلة أتيت لتعترف لي بهذا الاعتراف البشع... قل لي ما ذنبي أنا لأعيش كل هذه الكوابيس التي لم أعلم ما مصدرها؟؟

إبراهيم: سالم! سامحني.. كنت مضطرّاً أن أنفصل عن والدتك وأبتعد، لأني خائف أن أخسر حياتك يا بني... لن أتحمل فقدان قطعة من قلبي.. أنا متأسـف، لم أرد أن يحدث لك مكروه ولا أتمنى أن تموت... أريدك أن تدفني ولا أريد أن أدفنك يا قرة عيني...

أبعدت يدي عن أبي بسرعة وفتحت باب السـيارة لأخرج مبتعداً، بـدأت أصيح كالمجنون بأعلى صوت حتى تدفق صدى صوتي إلى أرجاء المكان.....

سالم (أصيح):................

إبراهيم (فقد صوابه وبدأ يصايح على ابنه): ساالم انتبه شاحنة..

كانت شـاحنة كبيرة مسرعة جداً ظهرت فجأة من بين الضباب لم تتوقف أبداً، متجهة إلى سالم بسرعة البرق..

كان صوت زامور الشاحنة عالياً جداً لدرجة أني شعرت لوهلة أن طبلة أذني ستنفجر... لم يكن لدي وقت لكي أفكر لأني قررت في أقل من الثانية أن أرمي نفسي على ابني لنموت معاً، ركضت بكل ما أوتيت من قوة وقفزت عليه واحتضنته، ســقطنا في منتصف الشارع.. أغمضت عيني وضممت رأسي إلى صدره، وأغلقت عين سالم بيدي... وبعدها فقدت الوعي...

فتحت عيني بصعوبة جداً وأنا ممسك برأسي من شدة الصداع والألم.. قمت ورأيت سالم مغشياً عليه. جلست على ركبتي وأنا أوقظه..

إبراهيم: سالم.. يا سالم انهض...

استيقظ سالم مفزوعاً، وبدأ يتلعثم بالكلام من شدة الخوف والبرد: أبي ك...كانت هناك شاحنة.. كانت ستصدمنا واختفت فجأة.. أقسم لك بأني رأيتها.....

إبراهيم غضب على ســالم: سالم... نعم لقد رأيناها نحن الاثنان... لا تتوتر وانهض... كم من المدة ونحن مغمىً علينا؟ هلَ رأيت كم الساعة الآن؟؟

سالم بخوف: أشعر وكأننا نمنا لأيام... الساعة 12 صباحاً!!!

إبراهيم مندهشاً: قبل هذه الحادثة كانت الساعة 12 فجراً، وهذا يعني أن الوقت لم يمضِ من الأساس.......
كانت مجرد تخيلات.........

*****

في اليوم التالي وفي طريقنا إلى غرفة أم سالم، فتح سالم الباب ليدخل، ثم جلس على طرف سريرها.. أمسك يديها الناعمتين، وقبّل رأسها وتبادلا الابتسامات، محمد ابني كان جالساً معهما، وبدأ يتحدث معهما وهم يضحكون جميعاً، لمحت هذا المشهد الجميل قبل أن يقفل الباب من تلقاء نفسه... ابتسمت ابتسامة خافتة، وفجأة سمعت صوتاً من الخلف يناديني: «إبراهيم»، كانت طليقتي أم محمد....

أم محمد: جميل عندما ترى العائلة مجتمعة بعد فترة غياب طويلة صحيح؟

لم أرد عليها، اكتفيت بالصمت لتكمل.....

أم محمد (بتهكم): أتيت إلى هنا لأنك اشتقت إليّ، هل هذا صحيح؟

إبراهيم: لم آتِ هنا لأراكِ، أنا هنا من أجل أمرِ ابني البكر ريفال، صحتها وسلامتها الآن تهمني أكثر من كل شيء، ولست مهتماً إذا كان هذا الأمر يزعجك.....

اقتربت مني وهي مبتسمة: لا.... لم يزعجني، على الأقل ارتبطت برجل أفضل منك، وكوّنت عائلة سعيدة ومستقرة. أما أنت يا إبراهيم، فضاعت سنوات طويلة من حياتك وأنت وحيد، وستبقى وحيداً، وستعيش وحيداً وتموت وحيداً.. ولن يبقى معك أحد لأنك منبوذ وهذه هي الحقيقة...

وذهبـــت.... لم أهتم لكلامها أبداً. تقدمت وقبل أن أدخل إلى الغرفة طرقت الباب، رحّب بي محمد، وبعد أن تبادلنا أطراف الحديث، استأذن الولدان في الذهاب، وقد ســمحنا لهما، وبقيتــــ أنا مع ريفال.. أخذت الكرسي الموجود وجلست بجانبها، أعيننا كانت تلمع شوقاً والابتسامة لم تفارق شفاهنا.....

إبراهيم: الأحداث الأخيرة التي حصلت في أيامنا كانتــ صعبة... لم أكن أتمنى في يوم من الأيام أن تتضرر عائلتنا بسببي، أنا آسف...

ريفال: إبراهيم.. الذنب ليس ذنبك، وأنا لست غاضبة منك، الظروف هي من فرقتنا... إبراهيم؟؟

إبراهيم: تفضلي أنا أسمعكِ...

ريفال: هل تتذكر سلطان؟

إبراهيم: نعم... لماذا؟

ريفال: هو لم يمت محترقاً!

إبراهيم وكأنه متوقع الجواب: لم يمت محترقاً!.....

وضعت ريفال يدها على فمي لتسكتني، ثم قالت: سلطان لم يمت محترقاً... بــل مات مختنقاً، هل تتذكر عندما خرجت أنت وأخوك حمد رحمه الله لكي تفتحا البابــ للناس؟ في هذا الوقت اســتغللت لحظة غيابكما وقتلته، لقد كتمت أنفاسه بالوسادة إلى أن تأكدت من أن روحه

خرجت من جسده ومات، والجميع في تلك اللحظة ظنوا أن موته كان بسبب النار التي أحرقته وسبّبت له تشوهات في جسده، ولكن الحقيقة كانت مختلفة...

إبراهيم كان مبتسـماً.. أمسك يد ريفال: موت سلطان كان بسبب حقده وغيرته من الناس، حقد وظلم وقتل وكفر بالله، ورب العالمين أحرقه في الدنيا قبل أن يحرقه في جهنم، «الجزاء مـن جنس العمل، والذي يزرع يحصد، والإنسـان طريقة موته تكون على حسب أعماله في الدنيا». ريفال الماضي يبقى ماضياً، ولن نستطيع أن نغير القدر. أما الآن فأنا اشتقت إليكِ كثيراً، وإن لم تمانعي أود أن أقضي ما تبقى من سنوات حياتي معك... دعينا نعش معاً مجدداً، وقبل كل هذا سـنذهب إلى بيت اللـه لنعتمر ونبدأ حياة جديدة، حياة نكون فيها قريبين من الله.. طبعاً إذا لم يكن لديكِ مانع.

فقد فاضت عيني من الشوقِ إليكِ

يا عزيزتي.. يا وردتي التي لم تذبل في ذاكرتي أبداً

يا حياتي التي تزدهر عندما ألمس يديكِ الجميلتين.

ريفال: نعم أنت على حق.. لقد مرت سنوات طويلة ونحن منفصلان... لن يكون هناك ألم ولا خوف ولا حزن ولا لوعة... لتنتهِ كل هذه الأشـياء السيئة، ولتشرق صفحات حياتنا من جديد....

مرت ثلاث سنوات تقريباً من حياتنا، تغيرت فيها حياتنا تغيراً جذرياً، كانت من أهدأ السنوات التي مرت عليّ في حياتي. كنا سعداء جداً، كل شيء كان طبيعياً وجميلاً، فقد اجتمعت واستقرت عائلتنا الصغيرة مجدداً، وإلى الأبد... أنا وحبيبتي ريفال كنا جالسين على شاطئ البحر.. البحر كان هادئاً والجو كان بارداً.. كنا نتدفأ ببطانياتنا بالإضافة إلى كوبين من القهوة شبه فارغين، كانا بجانبنا...

ريفال تضحك وتقول: أشعر وكأنني عدت إلى شبابي مجدداً... أنا أعيش قصة حب استثنائية على كبر، أحببتك وأحببت حبنا الغامض.. إنه لشعور مختلف، كأنما عدت إلى بيتي حيث وجدت فيه الهدوء والاستجمام والسكينة...

إبراهيم: أرواحنا التقت بعضها قبل أن تتلاقى أجسادنا.....

ريفال: اسمح لي يا إبراهيم أن ألقي عليك هذه الخاطرة...

... اسمح لي أدلعك يا فؤادي...

... يا نظر عيني ويا ضيا دنياي وملاكي...

... يا دوا جروحي يا حبيبي ويا طبيبي...

... يا مبرمج قلبي وعقلي على حبك...

..قل لي يا معذب النفس البريئة... قل لي وشلون أنسى الهواء اللي أتنفسه..

... وشلون أتخلى عن روحٍ سكن في جوفي...

****

في الوقت الذي كانَ والداي خارج المنزل، كنت جالساً في مكتبي الخاص والمتواضع بجانب البلكونة، أحتسي قهوتي وأقرأ بعض الكتب حتى غلبني النعاس. أقفلت الكتاب ووضعته على الطاولة، وأقفلت نافـذة البلكونة لأن الجو أصبح أكثر برودة، وأنا في طريقي إلى غرفة نومي رن هاتفي المحمول، المتصل كان أخي محمد....

سالم رد بحماس: أهلاً أهلاً يا أخي.. كيف حالك؟ وما أخبارك؟؟

محمد:......................

سالم: ألو؟؟ محمد؟؟ هل قلت شيئاً؟؟

محمد: لا، لم أتكلم من الأساس...

سالم (عاقداً حاجبيه ويحاول التركيز لأنه متعجب): نبرات صوتك غير مريحة... قل لي هل أنت بخير؟؟

محمد (بخوف وكأنه يريد البكاء يتكلم بصوت منخفض وبحذر): سالم والدتي سافرت مع أبنائها، وأنا بقيت وحدي في المنزل... أنا خائف، أشـعر بأني سأموت اليوم يا أخي، أرجوك تعال بسرعة؛ بأسرع ما لديك من وقت، لا تتأخر......

سالم: دقائق وسأكون بجانبك.....

أسرعت في تغيير ملابسي وركبت سـيارتي منطلقـاً إلى منزل محمد، وحين وصلت إلى منزله خرجت من سيارتي ودخلت، وبدأت أنادي عليه

في جميع أرجاء المنزل، ولكنه لم يجبني.. صعدت إلى الطابق العلوي، وتحديداً إلى غرفة نومه فتحت باب غرفته، كانت مظلمة جداً وباردة.. شعرت وكأنني واقف أمام غرفة لثلاجة الأموات، وما إن أشعلت أضواء الغرفة حتى رأيت هذا المشهد المفزع أمامي: محمد كان جالساً في منتصف السرير، متعرقاً وقميصه كان مبللاً من العرق، ووجهه المفزوع يدل على أنه شاهد عفريتاً مخيفاً جداً، كان متسمراً في مكانه كالتمثال.. لم ينتبه لوجودي...

سالم ممسكاً به من كتفه: محمد... يا أخي محمد!!!

محمد شهق من الخوف بعدما انتبه لوجود سالم : أنت.. منذ متى وأنت هنا؟؟

سالم (منفعلاً): قبل دقائق تقريباً!! ماذا حدث لك؟؟

محمد: لم يكن حلماً يا أخي.. لقد رأيته.. نعم لقد رأيته.. كان واقفاً بجانب السرير الذي كنت نائماً عليه... لا ليس بجانبي، بل رأيت انعكاسه في المرآة التي أمامي، نعم استطعت أن أراه، شكله مخيف جداً...

سالم: ماذا رأيت؟

محمد: استيقظت على منظر شخص واقف داخل المرآة... كان يرتدي ثوباً ممزقاً وملطخاً بالدماء، مشوه الوجهه ومحترقاً. باختصار لم يكن يشبه البشر من بشاعته.. كان مسخاً، تهجّم عليّ بالضرب، في البداية

ظننته سارقاً اقتحم المنزل، ولكن تأكد لي أنه شيء لا أستطيع وصفه، لأنه لم يكن له وجود في الغرفة، فقط انعكاسه... بدأ يضربني وأنا حاولت أن أقاوم إلى أن اختفى... انظر يا سالم..

أخرج ذراعه ورجله من البطانية، ورأيت علامات رضوض بنفسجية على جسمه... حضنته بحنان، حاولت أن أهدئه، ثم قلت له:

- اهدأ يا أخي العزيز، أنت في أمان الآن، لا بأس.. أنا معك، لن أتركك. هيا سأساعدك لتغير ملابسك، هيا يا أخي، قم لنذهب إلى المشفى الآن لتعالج جروحك، لا تقلق.....

****

مـرت فترة طويلة وعادت علاقة أبي وأمي إلى سـابق عهدها وأفضل بكثـير أيضاً، أنا وعائلتي لم نعد نـرى كوابيس بعد الآن. من المفترض أن نعيش كعائلة سـعيدة وهادئة، بيتنا لم يكن يخلو من ذكر الله والصلاة. أصبحنا عائلة محافظة كثيراً، ولكن أخي محمد المسـكين سـاءت حالته، فلم يستطع أن يتخلص من هذه الكوابيس، حاولنا بشتى الطرق أن نجد له حلولاً كثيرة لكن لا فائدة، لأن محاولاتنا باءت بالفشل..... محمد الفتى الطيب انتهت حياته بشـكل مأساوي بسبب هذه الكوابيس التي كانت تلاحقه، وبسبب رفضه لأخذ العلاج، فقد حاول والدي إجباره على الذهاب إلى مشايخ الدين، وأيضاً في معظم الأوقات كان يتواصل مع أئمة المساجد ليحضرهم إلى المنزل ليقرؤوا القرآن والرقية الشرعية في حضور

أخي، ولكن هذا لم يعجب والدته أبداً، لأنها وباختصار هي ووالدي لم يستطيعا أن يتفاهما أبداً، ولطالما كان والدي ووالدته تتعالى أصواتهما بشجاراتهما العنيفة والحادة.

أم محمد: لن أسمح لك مرة أخرى بأخذ ابني مني من غير أن تأتي وتعطيني خبراً..

أبو محمد: ألا تفهمين؟؟!! ابني مريض ويجب أن يتعالج بالقرآن قبل فوات الأوان. لن أطلب منك الإذن حتى أصطحبه معي. وإذا حدث مكروه له، سأعتبركِ أنتِ المسؤولة...

أم محمد: هل سوف تعلمني كيف أربي ابني يا إبراهيم ؟!! كفاك سخفاً.. ابني يجب أن أعرضه على طبيب نفسي ليتعالج. ابني مريض نفسياً وليس ممسوساً كما تدعي. لا أريد أن يصبح ابني مثلك مهووساً بخيالات لا وجود لها...

أبو محمد: سأصطحبه ليتعالج بالقرآن شئتِ أم أبيتِ، ولن أسمح لك برؤية محمد مرة أخرى...

أم محمد: كفى...كفى أرجوك، اصمت أنت فعلاً رجل مثير للشفقة!!!

أبو محمد: أعلم سبب تصرفاتك العدوانية، أنتِ امرأة مجروحة مني بسبب انفصالي عنكِ وعودتي إلى حبيبتي السابقة، وهذا سبب حقدك...

أم محمد:.......

لقد اختلف الجميع بشأن أخي محمد وطريقة علاجه، وفي الأخير اضطُر إلى أن يذهب إلى مشفى الأمراض العقلية، لم أستطع أن أتركه للحظة، كنت دائماً أذهب لزيارته... وأثناء زياراتي الكثيرة له، وفي بعض الأحيان يكون محمد بكامل صحته وقواه العقلية؛ يتسامر معي ويضحك ويحدثني كثيراً عن طفولته ومغامراته الممتعة والمشوقة.. كان يظهر لي الشخصية الودودة والمرحة ولكن سرعان ما يتبدل حاله إلى الأسوأ، ويظهر الجانب المظلم والمخيف منه، فكان أحياناً يدخل في حالة من الصرع، فصوته يتغير ويتضخم ويتكلم بلغات غير مفهومة، وغالباً ما كان يشتم الأطباء ويشتمني. وفي مرة من المرات، أذكر عندما كان يتكلم معي بشكل طبيعي فجأة تغيرت ملامحه إلى ملامح شخص آخر وكأنه ليس أخي الذي أعرفه، ومن غير سابق إنذار تقيأ على وجهي وملابسي. وبعدما انتهى من التقيؤ، بدأ يضحك بهستيرية وفي بعض الأحيان كان يعوي كالذئب وينبح كالكلب، ويتصرف تصرفات غريبة لا يستوعبها العقل البشري... الأطباء شخصوا حالته بأنه مضطرب ولديه فصام، فكانوا دائماً عندما تتدهور حالته يحقنونه بالمهدئات.

مرت فترات طويلة هادئة ومحمد لم يكن كعادته، كان أكثر هدوءاً لدرجة تثير استغرابي واستغراب الأطباء. كان يأخذ الأدوية بانتظام وينام ويصحو من النوم بشكل منتظم. لم يفتعل المشاكل، وكان هادئاً ومبتسماً

في حديثه مع عائلتنا. كان يقول بأنه متأكد من أن كل شيء سيكون على ما يرام، وسيخرج من هنا قريباً بصحة ممتازة..

وللأمانة كنا متفائلين وسعداء بأنه سوف يستعيد أخيراً عافيته. وفجأة من غير سابق إنذار، وجدوا جثة محمد في إحدى الغرف المعزولة بشكل غريب وغامض، كل الأدلة تثبت أنه قد انتحر، فأُغلِقت القضية على أنها حادثة انتحار.....

أما الآن، فأنا متزوج، ورزقني الله بولـــد، وعلى رغبة والدتي ووالدي أسميتُه «محمد»، على اسم أخي الغالي المرحوم.......